별에게 맹세코 잘될 _____ 님께

별에게
맹세코
잘돼

별에게
맹세코
잘돼

삶의 가장
혹독한 계절을
웃어넘기는 법

이아롬 지음

롤링스퀘어

◆

수년의 시간이 그렇게 지나갔다

차라리 내일 할머니가 되고 싶었다

'원래 그렇게 사는 거'라는 말에 이골이 났다. 원래 그런 거라고. 직장도 원래 그런 거고, 결혼도 원래 그런 거고, 육아도 원래 그런 거라고. 인생이 원래 그런 거라고. 무슨 말만 하면 원래 그런 거라는 그 환장할 것 같은 말에 환장할 지경이었다.

나는 글을 쓰고 싶었고, 유학도 가고 싶었다. 어느 초봄엔 유튜버가 돼야겠다고 생각했다가, 늦봄에 이르러서는 딱히 특별한 이유도 없이 자기계발 강사를 해야겠다고 마음을 고쳐먹기도 했다. 미술 전시회를 다녀와선 생뚱맞게 카카오톡 이모티콘을 출시하고 싶었다. 어느 연예인이 북유럽에 놀러 가 오로라와 함께 찍은 사진을 보고선, 오로라를 보러 다닌 경험으로 산문집을 하나 내봐야겠다고 문득 생각했다. 대부분은 지나가는 바람을 타고 흘러가는 마음이었고, 그중 몇 가지는 간절하게 바란 소망이었다.

가만히 내버려두면 어떤 꿈은 허세였고 어떤 소망은 지나가는 바람이었으며 어떤 도전은 능력 미달이었다는 걸 자연스럽게 깨달았을 텐데. 내게 그럴 여지는 더 이상 없어 보였다. 결혼과 출산을 겪고 나서 내 삶은 '원래'라는 쓰나미 앞에 흔적도 없이 사라졌다. 종료 버튼을 잘못 눌러 갑자기 꺼진 게임처럼.

하루의 삼분의 일은 일하고, 삼분의 이는 육아를 하며 살다 보니 소망 따위는 가질 겨를이 없었다. 어느 워킹맘처럼 고되고 고됐다. 하지만 나를 바닥까지 끌고 내려간 건 새벽에 잠에서 깨어 똥 기저귀를 간다거나, 혹은 고열로 입원한 아이를 병원에 두고 생방송 뉴스를 하러 출근했다가 다시 병원으로 퇴근해야 하는 종류의 육체적 고달픔이 아니었다. 더이상 원하는 미래를 갖지 못할 것이라는 절망이었다.

결혼 전에 얻은 아나운서라는 직함을 동아줄 삼아 일상을 버텼다. 하지만 회사에도 미래는 없었다. 입사한 날부터 급변하는 방송환경 때문에 위기라던 회사는 그 이후로도 위기가 아닌 때가 없었다. 10년 넘게 위기라는 말을 반복해서 들으니 위기는 일상이 되었고 일상도 위기가 되었다. 크고 튼튼한 배는 그래도 천천히 가라앉을 것이라는 사실만이 위로가 되는 상황에서 희망찬 미래를 논하는 직원이 없는 건 당연했다. 무기력했다.

　내일 아침에 눈을 떴을 땐 할머니가 되어 있으면 좋겠다고 입버릇처럼 할머니 타령을 하다 잠드는 날이 많아졌다. 할머니가 될 때까지의 내 인생이 그다지 궁금하지 않으니까. 아이들은 클 것이고, 회사는 위기일 것이며, 나는 안락함에 젖어 이대로 늙을 것이었다. 이렇게 사느니 차라리 나이가 들어 육체의 한계 때문에 더 이상 꿈꿀 수 없는 시간으로 가는 게 나아 보였다. 그때는 인생의 순리를 깨닫고 평온해져 있을지도 모른다고, 늙음의 시간을 막연하게 동경했다.

　10년 뒤의 삶이 지금과는 다를 거라 믿으며 실행하는 사람들이 부러웠다. 언젠가 무엇을 해내고야 말겠다는 이야기들이, 기어코 해낸 이야기들이 좋았다. 마흔에 등단했다는 박완서 작가를, 일흔여섯에 그림을 시작했다는 미국의 모지스 할머니를 흠모했다. 아흔여섯에 대학을 졸업하면서 곧 대학원에 진학할 것이라던 한 이탈리아 할아버지의 신문 기사는 가위로 오려 간직해 두었다. 나도 그렇게 살고 싶었다.

　그래서 결국, 떠났다. 모든 삶을 멈추고, 내 인생에 남은 용기를 끌어모아 오랜 꿈이었던 유학을 떠났다. 서른여덟에, 아이 둘을 데리고, 캐나다로. 원래라는 건 없다는 걸 스스로에게 증명하고 싶었다. 내일이 기다려지는 삶을 살아보고 싶었다.

그 도전의 이야기를 기록했다. 그럴싸했지만 고달팠던, 근사하면서도 찌질했던 시간들을 거르지 않고 이 책에 담았다. 그 시간들을 겪어 내며 얻은 깨달음도 모두 적었다.

버리는 날들이란 없다.
스스로를 믿어야 한다.
사람은 누구나 저마다의 지옥을 품고 산다.
쌓여 가고 쌓아 온 시간들은 기어코 나를 돕는다.
나의 시간은 흘러간 만큼 반짝거린다.

이 이야기들이 누군가에게는 위로와 응원이 되길 바란다. 당신이 지금 어디에서 어떤 모습으로 있든 결정된 건 아무것도 없다.

그리고, '원래 그런 거'라는 것도 없다.

2024.08
이아롬

차례

그럴싸한
계획

아무도
내 꿈을

묻지 않아,
이젠

무엇이 두려운지도 모르는 채 두려워했다

나는 유학이 가고 싶었다. 꽤 오래된 꿈이었다. 대학에 들어
가자마자 석사 학위는 꼭 해외에서 받고 싶다는 말을 입에
달고 다녔다. 하늘은 파랗고 나무는 파릇파릇해 보이는 이
국땅에서 영어로 학문적 지식을 쌓는 일만큼 근사한 게 없어
보였다. 유학생의 삶을 동경했다. 하지만 돈이 없었다.

대학을 졸업하고 곧바로 취업전선에 뛰어들었다. 운 좋
게 아나운서 시험에 합격했다. 곧잘 회사에 적응했지만, 꿈
을 잃었다는 서글프고 헛헛한 마음을 이기지 못해 직장생활
4년 차에 다시 영어 공부를 시작했다. 공부와 일을 병행한 끝

에 1년 뒤 목표했던 학교로부터 합격 이메일을 받았다. 영국 런던에 있는 한 대학의 현대미술이론 석사 과정이었다.

하지만 떠나지 못했다. 회사에 휴직계를 내겠다고 어떻게 말해야 할지 고민만 거듭하다가 입도 뻥긋하지 못하고 기회를 날렸다. 부장님과 국장님이 내 인생의 최종 승인자가 아니거늘, 모든 사고가 회사에 종속되어 있었던지라 그들의 손에 내 삶이 달려 있다고 생각했다. 무엇이 두려운지도 모르는 채 두려워했다.

고작 이십 대 후반이었는데 마치 인생이 다 끝난 듯 굴었다. 젊은 날에 젊음을 모르는, 전 세계 인류가 만국 공통으로 겪는 무지를 나라고 안 겪을 리 만무했다. 보장 없는 미래에 대한 투자도 무서웠다. 그렇다고 당시 뭐 대단히 안락한 삶을 누리고 있었던 것도 아니었다. 심지어 미혼이었는데, 아… 미혼이었는데! 뭐 한 거냐, 너.

기회가 기회인 줄도 모르고 공중에 흩날려 버리고는 결혼을 했다. 쌍둥이를 낳고선 자주 런던을 떠올렸다. 영어로 쏼라쏼라 현대 미술을 논하고 있을, 세상 어디에도 존재하지 않는 내가 애타게 그리웠다.

아이들이 세 살에서 네 살이 되어 갈 때쯤 깨달았다. 나는 결코 떠날 수 없을 것이었다. 가정과 회사에서 짊어진 책임과 의무는 결혼 전과 비교도 할 수 없을 만큼 커져 있었다.

세상이 엄마들에게 꿈을 묻지 않는 데는 이유가 있다

억지스럽더라도 위로와 응원이 필요했다. 바람에 흩날릴 이야기라고 히더라도, 아직 꿈을 꿔도 된다는 말이 듣고 싶었다. 그래서 예니를 만나러 갔다. 친구 중에 가장 추진력이 좋은 아이다.

예니야, 그러니까 이런 거야. 인형 뽑기 기계 안에서 제일 환하게 웃고 있는 인형이 사실 난데, 웃고 있지만 그 인형 마음속은 지옥이야. 누가 와서 나 좀 뽑아 가 주면 안 되느냐고 매일같이 간절히 바라고 있어. 근데 그 인형은 아마 떠날 수 없겠지?

술기운이었는지, 왜 그렇게 추상적으로 내 마음을 에둘러 표현했는지 모르겠지만, 예니는 단번에 알아듣고 거칠게 반기를 들었다.

야, 네가 깨고 나와. 무슨, 누가 와서 널 왜 뽑아 가? 왜 기다려? 인형이 유리 깨고 나와서 두 발로 걸어가는 거야. 그게 인생이야.

이래서 내가 일부러 예니를 만나러 간 거다. 그날로 토플 학원에 등록했다. 아이를 키우고 매일 생방송을 하며 유학 준비를 하는 생활은 누가 봐도 억지스러운 그림이었지만, 인형이 유리를 깨고 나오려면 억지스러워야 했다. 하지만 몇 달 안 가 또 포기했다. 이번엔 지원서를 내보지도 못하고 그만뒀다. 아이를 유치원에 보내 놓고 토플 학원에 가야 했던 날, 옷을 직접 지어 입기라도 하는지 하루 종일 옷을 갈아입는 아이에게 고래고래 소리 지르며 화를 내고 말았다.

엄마 지금 토플 학원 가야 한단 말이야아아아아아아!
옷 안 입니이이이이이이이이이!
야!!!!!!!!!!!!!!!!!!!!!!

급기야 울었다, 내가. 토플 학원에 못 가서 환장한 여자가 아니고서야 그렇게 울 수는 없었다. 바닥에 엎드려 통곡했다. 나는 못 갈 것이었다. 세상에서 말하는 대로 과욕이었다. 지쳐 있었다. 사실 합격한다고 해도 옷 입는 데 반나절이 걸리는 저 아이들을 어딘가에 데리고, 혹은 어딘가에 놔두고도 갈 수는 없을 것이었다. 알고 있었다. 세상이 엄마들에게 "어머니의 꿈은 뭔가요?"라고 묻지 않는 데는 다 이유가 있다.

제 꿈은 아이가 옷을 빨리 갈아입는 것입니다!

이번엔

끝까지
가 볼 거야

내가 나를 위해 살아야지

또다시 현실로 돌아와 원래 그런 거라는 삶에 적응하려 부단히 노력했다. 꿈을 이루지 못해도 죽지 않는다고, 가진 것에 만족하라고, 세상의 온갖 말들을 갖다 붙이며 치열하게 자기합리화를 하며 살았다.

하지만 세상과의 협상은 결국 결렬되고 말았다. 지극히도 평범했던 어느 봄날 아침, 아이들을 등원시키고 식탁에 앉아 커피잔을 두 손으로 움켜쥐던 순간 별안간 결심이 섰다. 유학을 떠나기로 했다. 온몸에 소름이 돋았다.

원래라는 건 없어.

갑작스럽지만 갑작스럽지 않은 결정이었다. 회식을 마치고 집에 돌아오는 택시 안에서, 주말 저녁 카레를 만들던 부엌에서, 뉴스를 마치고 메이크업을 지우던 분장실에서 왈칵 쏟아질 것만 같은 눈물을 참았던 시간들에 대한 답을 이제야 찾았을 뿐이다. 지난한 시간 끝에, 나를 구원할 이는 나밖에 없다는 결론에 이르렀을 뿐이다.

한 번 사는 내 인생, 나의 흡족함을 위해 살아야지. 내가 나를 위해 살아야지.

바로 GRE 학원에 등록했다.

강남역에 위치한 해커스 어학원 GRE 주말 종합반 수업은 매주 토요일 아침 열 시부터 밤 아홉 시 반까지 이어진다. 이 수업을 듣기 위해 창원에서 새벽 다섯 시에 출발하는 KTX를 타고 서울에 왔다. 하루 종일 연달아 강의가 이어지지만 중간에 따로 식사 시간은 없다. 배고픔을 버티다 오후 네 시쯤 편의점에 가서 딸기우유랑 고추참치 삼각김밥을 먹었다. 코딱지만 한 편의점에 사람이 꽉 들어차 어쩔 수 없이 길바닥에서 삼각김밥을 입에 욱여넣었다.

저녁 일곱 시쯤 되니 다시 배가 고프다. "다 알죠? 이래서 저렇고 그래서 그렇죠?" 한국 학생들이 Math 점수는 쉽게 딴다는 말로 강의를 시작한 수학 강사는 자세한 설명을 생략한다. 생략된 그 설명을 듣기 위해 굳이 돈을 내고 여기 앉아 있는 이는 나뿐인가.

여러분, 정신 차리세요. 지금 여기 앉아 있는 수강생 중 절반은 내년에 여기 또 앉아 있고요. 여기서 한 스무 명 되려나? 결국 그 정도만 유학 갑니다. 나머지는 포기하고요. 매해 그랬어요.

당신 말을 하나도 이해 못 하겠다는 내 동태눈을 본 게 분명하다. 강사가 갑자기 정신교육을 시작한다. 스무 명이라고? 내가 그 안에 들어갈까? 저 강사는 나를 아마 '포기' 쪽으로 카운트했겠지. 누가 봐도 여기서 내 나이가 제일 많아 보이니까. 우리 집에 여섯 살 난 쌍둥이가 있다는 건 알까? 애가 둘 있다고 그러면 저 강사, 나한테 유학 가지 말라고 하겠지?

안 그래도 집에 가고 싶었는데 마침 잘됐다. 엉덩이가 들썩인다. 코레일 앱을 열어 보니 창원으로 가는 기차표도 남아 있다. 지금 바로 택시 타고 서울역에 가서 왕돈가스 하나

시켜 먹고 기차 타면 딱 좋을 시간이다. 가? 말아?

　　짧고 굵은 고민 끝에 자세를 고쳐 앉았다. 끝까지 수업을 듣기로 했다. 어떤 결심으로 내가 여기까지 왔는데. 스무 명 안에 못 드는 건 어쩔 수 없지만, 지금 강의실에 앉아 있는 건 할 수 있다. 지금 할 수 있는 건 하기로 한다.

　　장장 열한 시간 반짜리 종일반 수업을 마친 후 창원행 마지막 KTX에 지친 몸을 앉혔다. 창문에 비친 내 얼굴이 보인다. 반건조 오징어처럼 생겼구먼. 몸에서 찐내도 나는 것 같다. 왕돈가스는 구경도 못한 채 편의점에서 급하게 사 온 삼각김밥을 또 입에 욱여넣는데, 그 반건조 오징어와 눈이 마주쳤다.

　　너 도대체 왜 그러고 사니?

　　한없이 마음이 흔들린다. 포기하고 싶다. 쉬고 싶다. 하지만 가방에서 GRE 단어장을 꺼냈다. 창원에 도착하려면 아직 두 시간도 넘게 남았으니까.

　　나, 이번엔 끝까지 가 볼 거야.

박웅현 작가의 책《여덟 단어》를 읽다가 연필이 부러지도록
힘차게 밑줄을 그은 적이 있다. 그가 그랬다. 기회는 반드시
온다고. 심지어 보장까지 한다고 했다. 준비된 사람이라면
기회를 잡을 것이라고 단언했다. 바로 박웅현 작가의 나이를
검색했다. 당시 그의 나이는 50대 후반. 인생의 반을 지나온
사람이 불특정 다수를 대상으로 책을 내면서 보장까지 하겠
다니, 매료될 수밖에 없었다. 간절히 믿고 싶었다. 영어 시험
을 치기 위해 차를 몰고 부산으로, 또 기차를 타고 대전으로
다니면서도, 대학원 추천서를 받겠다고 여기저기 부탁하면
서도 기회는 반드시 온다는 말을 믿었다. 마음이 흔들릴 때
마다 믿고 또 믿었다.

기회는 반드시 와. 나는 지금 내가 할 수 있는 일을 하
면 돼.

그의 말은 옳았다. 나는 그토록 원했던 합격 통지 이메일
을 받고야 말았다. 지난 몇 년간의 우여곡절 끝에 결국 기회
를 붙잡고야 말았다.

그동안엔 수많은 '시작'이 있었다. 어떤 시작은 한 시간 만에 끝나기도 했고, 또 어떤 시작은 한 달이 채 안 돼 사라지기도 했다. 하지만, 아이들을 유치원에 등원시킨 뒤, 따뜻한 커피잔을 양손으로 움켜쥐며 결심한 그 봄날의 '시작'을 끝까지 끌고 간 덕분에 결국 합격 통지서를 거머쥘 수 있었다.

기회는 옵니다. 제가 보장합니다. 저뿐만 아니라 많은 사람들이 수많은 책 속에서 그렇게 이야기할 겁니다. 인생의 기회는 옵니다. 반드시 올 것이고, 준비된 사람이라면 그걸 잡을 겁니다.

-《여덟 단어》, 박웅현

아나운서로 입사하고 창원으로 발령 난 이후부터 매일같이 노동 관련 뉴스를 전했다. 국가산단과 자유무역 지역이 있는 창원은 그야말로 노동자의 도시였다. 경남도 제조업의 메카였다. 전투기도 만들고 기차도 만들고 자동차도 만들고 배도 만드는 동네였다. 이것저것 다 만들다 보니 관련 부품 공장들이 셀 수 없이 많았다. 노동 이야기는 넘쳐났다. 임금 체불과 직장 내 괴롭힘, 구조조정이 일어났고 외국인 노동자는 맞았다고 했다. 노동을 하고 있지만 노동자 취급을 받지 못해 억울하다는 사연도 하루가 멀다 하고 쏟아져 나왔다. 사람들은 일하다가 자꾸만 죽어 나갔다. 이야기를 듣고, 또 전할 때마다 내 미간 주름은 깊게 패어 갔다. 공감 능력이 유별나게 발달해서 그런지 꼭 내 임금이 체불된 기분이었다. 노동학은 어쩌면 공감을 잘하는 동시에 화가 많은 사람이 선택하는 전공일지도 모르겠다.

그러던 어느 날, 산재사고 피해자 인터뷰가 잡혔다. 2년 전 거제의 한 조선소에서 발생한 크레인 충돌사고 피해자였다. 그는 크게 다쳤고, 그의 동생은 현장에서 목숨을 잃었다. 어떤 사고가 사람들의 뇌리에서 잊힐 때쯤 그 이야기를 다시 끄집어내는 것이 언론의 역할이지만 결코 쉬운 일은 아니다. 언론은 비극과 참사를 때마다 나서서 기억해야 한다.

그는 사고 이후 경남을 떠났고, 여전히 고통 속에 살고 있다고 했다.

나는 언제쯤 프로가 될 수 있을까. 마음이 아파서 들을 수 없는 이야기들을 덤덤하게 듣는 자가 이 세계에선 프로다. 프로인 척하느라 진이 다 빠졌다. 바라는 게 무어냐는 마지막 질문에 그는 사 측의 진정성 있는 사과를 원한다고 답했다. 피해자 인터뷰 레퍼토리에서 한 치도 벗어나지 않는 대답이었다. 생방송 라디오 전화 인터뷰였기에 그의 얼굴을 보진 못했지만 그는 아마 쓴웃음을 짓고 있었을 것이다. 청취자들이 실시간으로 보내 준 위로의 문자를 읽을 때, 그의 허탈한 웃음소리가 전화선을 타고 이따금 스튜디오로 넘어왔다.

도대체 뭘까. 뭔가 있는데 그게 뭘까. 노동 전반에 대해 궁금해지기 시작했다. 평생 맥주에만 갈증을 느꼈던 내가 공부에 갈증이 생길 줄이야. 학문에 목이 마르다는 그 멋진 말이 내 얘기가 될 줄 몰랐다.

그래서 노동학을 공부해 보기로 했다. 전공을 더 심도 있게 연구하기 위해 떠나는 것이 유학이건만, 나는 어찌 된 게 유학을 먼저 결심하고 전공을 선택했다. 하지만 석사 입학에 내 경력이 유리할 게 전혀 없어 보였다. 미대를 나와 방송국에서 아나운서로 일한 나를 노동학 대학원에서 과연 받아줄까? 그래도 10년 넘게 노동을 다룬 내 방송 경력과 학문에 대한 진심 어린 갈증을 어필한다면, 뭐 받아줄 수도 있지 않을까?

자기소개서엔 크레인 사고를 당한 형의 인터뷰 이야기를 적었고, 학업 계획서에 왜 자꾸 사람이 일하다 죽는지 알아보고 싶다고 썼다. 입학 지원 안내서에는 반드시 노동학계에 종사하는 3인에게 추천서를 받아 오라고 쓰여 있었지만 내가 아는 사람 중에 그런 사람은 없었으므로, 오랜 기간 함께 방송해 온 노동 인권 변호사님과 시사 프로그램 담당 PD님 그리고 내 결혼식에서 주례를 봐 주셨던 미대 은사님께 추천서를 받았다. 성실하고 똑똑하며 궁금증이 많아 앞날이 촉망된다고 공통적으로 쓰여 있었다. 감사할 따름이다.

진심은 통한다더니, 마음속 1순위 학교였던 캐나다 맥마스터 대학교 노동학 대학원에 붙고 말았다. 내 인생 처음으로 학문에 목마름을 느꼈으니, 이제 이 갈증을 해소하러 떠난다.

그놈의

수학
걱정

전생에 나라를 구한 남편

남편을 두고 아내가 해외로 석사 유학을 가는 게 평범하다고 생각하지는 않았지만, 사람들 반응을 보니 매우 비범한 사건임이 분명하다. 캐나다로 유학 간다는 소문이 회사에 퍼지자 질문이 쇄도했다. 남편 밥은 어떻게 하느냐, 남편이 원래 혼자 잘 챙겨 먹느냐 등등. 좀 세련된 분들은 남편이 혼자 잘 지낼 수 있느냐고 에둘러 물어보셨다. 웃음으로 대답을 대신했다. 아흥흐으으으응. 어디서부터 어떻게 이야기를 시작해야 할지 모를 땐 그냥 웃는 게 상책이다.

반면에 남편 친구들의 반응은 폭발적이었다. 그들은 '남의 아내가 애들 데리고 유학 간다'는 소식에 열광했다. 남편은 졸지에 3대가 덕을 쌓은 덕망 있는 집안 자손이자, 전생에 나라를 구한 영웅이 되었다. 성호는 쌍욕을 곁들이며 너무 부럽다고 했단다. 형석이는 앞으로 2년 동안 너희 집을 골프텔로 쓰면 되겠다고 좋아했단다. 그렇게 신이 나서 너나없이 김칫국 한 사발씩 나눠 마시고 오느라, 남편은 내가 캐나다로 떠나기 직전까지도 정신이 없었다.

내 친구들은 나를 뜯어말리느라 바빴다. 가시밭길에 홀로 걸어 들어가는 친구를 지켜보고만 있을 수는 없었으리라. 가족도 친구도 없는 곳에서 살림과 육아를 병행하며 논문을 써서 학위까지 받겠다는 게 말이 되느냐고, 그 고생을 왜 사서 하느냐고 걱정했다. 나는 그럴 때면 오히려 한껏 어깨를 치켜올린 채 손을 휘휘 내저으며 더 대단한 일도 있다고 거드름을 피웠다.

야, 나 매일 애들 도시락도 싸야 해.

친구들이 입을 모아 미친년이라고 했다. 들리지 않았다. 오랜 꿈이던 유학을 내 손으로 결국 이뤄 냈다는 사실에 당시 나는 단단히 취해 있었다. 사람이 맛이 가면 답이 없다더니 딱 내 얘기였다. 신이 나를 예뻐하사 날개 없는 천사들을 통해 마지막으로 뜯어말리셨건만 그때는 미처 알지 못했다. 하지만 가장 어이없었던 반응은 따로 있었다.

"애들 수학은 어떻게 하실 거예요?"

쌍둥이를 데리고 캐나다로 유학 간다는 소식에 아이 친구 엄마가 건넨 질문이다. 신선했다. 수학을 어떻게 할 거냐고? 그건 마치 네가 결혼식 때 입고 지금까지 한 번도 입지 않은, 그래서 장롱에 처박아 둔 그 비싼 한복을 앞으로 어떻게 할 거냐고 묻는 것과 다르지 않았다. 딱 그만큼 당황스러움이 밀려왔다. 어디서부터 어떻게 대답해야 할지 몰라 또 웃었다. 세상에 이 꼬맹이들 수학 걱정부터 하는 이상한 여자도 다 있더라고 남편에게 흉도 봤다.

하지만 이상한 여자는 오히려 나였다는 사실을 곧 깨달았다. 수학은 어떻게 할 거냐는 질문이 계속 이어졌다. 우리 아이의 수학을 걱정하는 사람이 세상에 이렇게나 많단 말인가. 대답 없이 웃기만 하는 내 모습에 짜증이 났는지 몇몇 엄마들은 심지어 다그치기까지 했다. 수학은 미리 해 둬야 한다고, 얼빠지게 있다가 된통 당한다고 경고를 날렸다.

　이해할 수 없었다. 7을 여덟 번 더하면 56이 된다는 걸 이제야 배우는 초등학교 2학년 아이들이 앞으로 된통 당할 일이 무엇일까. 반감도 들었다. 아이가 어떤 보석을 마음에 품고 있는지도 아직 잘 모르면서 엉겁결에 다 같이 엉뚱한 총알만 준비하는 건 아닐까. 하지만 걱정은 언제나 늦게 해도 늦지 않은 법. 남들이 내 손에 쥐어 준 수학 걱정을 잠자리 날개 놓아주듯 날려 버렸다. 내 걱정은 내가 결정한다. 아니 그리고, 설사 애들이 수학이 좀 뒤처진다고 할지라도 캐나다에 간다는 데 영어 실력은 늘어서 오지 않을까.

　수학, 영어 다 못하면 어떡하냐고? 그렇다면 뭐, 달리기라도 잘할 것이다. 하나의 문이 닫히면 다른 하나의 문이 반드시 열린다고 했다. 우주가 그렇게 허술하지 않다고 했다. 나는 이 멋진 말을 아무 데나 갖다 붙이곤 한다.

밥도 없는 식탁에 네 식구가 둘러앉았다는 건 중요하게 나눌 이야기가 있다는 뜻이다. 아이들에게 캐나다행을 선언했다. 꿈을 이루기 위해 엄마가 캐나다로 유학을 가게 되었고 오랜 고민 끝에 너희들도 함께 떠난다고, 아빠와는 2년 정도 떨어져 살아야 한다고 최대한 담백하게 설명했다. 출국 두 달 전이었다.

사실 고민의 시간이 길었다. 아이들을 데리고 함께 떠날지, 아니면 홀로 유학을 다녀올지 하루에도 여러 번 마음이 뒤집혔다. 하지만 장고 끝에 아이들과 함께하기로 했다.

아무래도 남편에게 아이들을 맡기고 떠나는 건 이기적이었다. 아이가 보고 싶어 공부하다가 울고 있을 내 모습도 보였다. 고3 때 독서실에서 공부하다가 집에서 키우던 강아지 후니가 보고 싶다며 갑자기 엎드려 운 전력도 고려했다.

무엇보다도 책임의 영역이라고 생각했다. 아이는 떼었다 붙였다 할 수 있는 '것'이 아니니까. 부모는 부모라는 단어가 인생에 붙는 순간부터 매 순간 부모다. 죽어서도 마찬가지다. 자식들은 일 년에 한두 번 찾는 부모 산소에서마저도 제 자식의 입시나 취직을 도와달라고 빈다.

아이를 낳는 순간부터 부모는 아이와 '함께' 삶을 꾸려 나가야 한다. 아이가 '있어서' 혹은 아이 '때문에' 하지 못하는 일들이란 없다. 아이와 함께하기에 살짝 돌아가거나 조금 느릴 뿐이다. 하지만 그렇게 느끼는 것도 부모의 기준이지, 아이 입장에서는 그냥 부모와 함께 사는 삶이다. 그저 좋다.

부모가 되면 이전의 인생은 벼락같이 끝난다. 그전 시간들 속의 나만 '나'로 인식하면 부모가 된 이후의 나는 자꾸 가짜처럼 느껴진다. 하지만 그때의 나도 나고 지금의 나도 나다. 애 낳기 전에 잘나가던 나도 나고, 우는 아이를 어떻게든 카시트에 앉히느라 진이 다 빠져 버린 나도 나다. 그런 의미에서 나는 아이를 낳은 이후에도 나를 잃은 적이 한 번도 없다.

남들보다 성적이 좀 낮을 수도 있고, 남들보다 학위 따는 데 시간이 더 걸릴 수도 있고, 좀 후진 논문을 쓸지도 모르겠다. 하지만 같이 떠날 것이다. 선택의 문제가 아니라 책임의 영역이니까. 엄마는 아이와 함께한다. 우리는 운명공동체다. 그에 수반되는 문제는 헤쳐 나가면 된다.

가장 큰 고민 해결! 끝.

그때의
우리가

기특하다

우리는 말없이 출국장까지 걸었다

전쟁에 나서는 장수의 심정으로 집을 나섰다. 나는 오늘 아이 둘을 데리고, 140kg에 달하는 짐을 이고 지고, 코로나를 뚫고 북극해를 넘어 캐나다로 떠난다. 창원에서 40분가량 차를 타고 김해 공항에 가서, 또 비행기를 타고 김포 공항까지 간 후, 다시 콜밴을 타고 인천 공항에 도착했다. 도착하자마자 짐을 부치고 공항 푸드 코트에서 간단히 점심을 해결했다. 깊은 대화도, 얕은 대화도 할 수 없었던 우리는 별다른 말 없이 밥만 먹었다.

헤어져야 하는 시간이 다가오고 있었다. 남편과 나는 서로의 등을 쓸어내리며 출국장까지 걸었다. 그는 지갑에서 100달러짜리 두 장을 꺼내더니 아이들 손에 한 장씩 쥐어 줬다. 성공적인 캐나다 생활을 기원하는 아빠의 선물이라는 말에, 주한과 지한은 그 돈이 얼마인 줄도 모르면서 덥석 주머니에 구겨 넣었다.

남편은 바닥에 무릎을 대고 섰다. 그렇게 서니 아이들과 눈높이가 꼭 맞았다. 그는 하나하나 온몸으로 아이를 안았다. 그의 넓은 품 안에 여덟 살 난 아이들이 폭 안겼다. 남편의 얼굴에서 굵은 눈물방울이 쉴 새 없이 떨어졌다. 마지막으로 그는 나를 안았다.

고마워.

꼭 하고 싶었던, 진심을 담은 말이었다. 이기적이지만 결코 이기적이지 않은 나의 선택에 무한한 지지를 보내 준 그에게 고마웠다. 남편은 우느라 내 얼굴을 제대로 쳐다보지 못했다. 아이들은 땅만 내려다보았다.

결혼이란 더 이상 살고 싶은 대로 살지 못한다는 사실을 받아들이는 일이었다. 때로는 타협이, 순응이, 혹은 관철이 필요했지만 어디에 어느 것을 골라 써먹어야 하는지 알 수 없었던 우리는 성실히 싸우기만 했다. 하지만 그 치열한 시간 끝에 결국 우리는 오늘 여기에 섰다. 세상의 시선을 집까지 끌고 들어와 서로를 재단하지 말자는 약속 끝에 여기서 작별 인사를 나누고 있다. 몇 년 전만 해도 상상할 수도 없던 장면이다.

상투가 잘린 심정으로 살아

결혼한 지 2년쯤 되었을 때였다. 현관 비밀번호를 누르는 소리가 나나 싶더니 이내 킹콩 한 마리가 집 안으로 들어오는 소리가 들렸다. 도대체 술을 얼마나 마신 거야. 회식이 있다던 남편은 거나하게 취한 킹콩이 되어 집에 들어왔다.

그러더니 냅다 안방 바닥에 퍼질러 앉아 울기 시작했다. 황급히 안방 불을 켰다. 아무리 술을 많이 마셔도 언제나 점잖던 사람이 무슨 일이라도 생긴 걸까. 남편의 울음소리가 얼마나 큰지, 고요한 새벽에 아파트 사람들이 다 깰 것만 같아 진땀이 났다. 우는 이유라도 좀 알자고 다그치자 한참 만에 그가 입을 뗐다.

구한말에 머리카락이 잘린 남성의 심정으로 산다고 했다. 그런 마음으로 나랑 살아가고 있다고 했다. 너랑 잘살아 보려고 상투까지 잘랐는데 도대체 뭐가 그렇게 못마땅하냐고 내게 따져 물었다. 눈물이 가득 고인 눈에 분노가 서려 있었다. 감색 양복을 반듯하게 차려입은 현대 남성이, 단발령에 격분한 구한말 조선인의 심정을 토로하는 모습이라니. 눈길이 절로 그의 머리로 향했다. 댄디컷. 짧게 쳐올린 남편의 목덜미가 오늘따라 더 산뜻하네. 뭔 소리야, 지금.

물론 그의 말뜻을 모르지 않았다. 오랜 시간 지켜 온 전통을 억지로 깨부수며 현대식 신문물을 받아들이고 있다는 말이었다. 그러니까 자신의 가치관을 다 내려놓고 네가 하자는 대로 살고 있는데도 왜 그렇게 닦달을 하느냐는 뜻이었다. 평소 남편 속도 내 속만큼이나 뒤집어졌으리라 짐작은 했지만 이토록 분했을 줄은, 그렇게 서러웠을 줄은 몰랐다. 잠자코 듣기만 했다. 위로해 주고 싶었다. 이유를 불문하고 배우자가 이토록 속상해하면 보듬어 주는 게 서로의 역할이니까. 그런데 그렇게 하지 않았다. 당신이 아무리 운다 한들, 내 울분에 비하면 아무것도 아닐 테니까.

우리 사이가 어디서부터 잘못되었을까 생각하면 그 시작을 당최 어디로 잡아야 할지조차 가늠이 되지 않았다. 결혼해서 좋은 게 아무것도 없었다. 결혼이란 자고로 내주는 일이거 늘, 내줄 때마다 우리는 각자의 이유로 분했다. 어쩜 그리도 이기적일 수 있느냐고 서로를 미워했다. 몽매했다.

나는 말을 잃어 갔다. 숨이 안 쉬어져 자다가 수시로 깨는 날이 많아졌다. 그럴 때면 결혼 전에 살던 오피스텔로 차를 몰았다. 새벽 밤, 돼지바를 입에 물고 미혼 시절 살던 건물을 뱅뱅 돌면서 세상의 모든 여자들에게 절대 결혼하지 말라고, 아이도 낳지 말라고 말해 줘야겠다고 생각했다. 타임머신이 있다면 무조건 결혼 전으로 돌아가겠다고 다짐하고 또 다짐 했다. 나만의 새벽 산책을 끝내고 다시 집에 돌아오면, 아이 방에 들어가 잠자는 천사들의 얼굴을 한참 동안 바라봤다. 예쁜 것. 나는 정말 가진 것에 감사할 줄 모르는 사람인 걸까 자책하며 겨우 눈을 붙이면 곧 아이가 깨고 해가 밝았다.

태어나 처음으로 책을 쓰고 싶다는 충동을 느꼈다. 결국 세상과 화해하지 못한 자가 글을 쓴다고 하더니, 맞는 말이었다. 세상에 할 말이 너무 많았다. 하지만 사나흘 키보드를 몇 번 두드리다가 쌍둥이 육아에 지쳐 그만뒀다. 추운 겨울 하얀 눈밭에서 먹이를 찾아 헤매는 토끼 한 마리를 발견한 사냥꾼이 저 멀리서 총을 겨누고 있는데, 내가 토끼요 남편이 사냥꾼이라고 적었던 건 기억난다.

결혼이 포기의 또 다른 이름이어선 안 돼

꽤 오랜 기간 부부 상담을 받았다. 판관 포청천을 앉혀 두고 내가 잘했네, 네가 못했네 하며 서로를 비난하느라 상담 시간은 항상 부족했다. 시키지도 않은 진실게임을 하고 나면 어디로든 숨고 싶었다. 상처가 컸다. 지나고 보니 그 시간들은 상처가 아니라 치유의 시간이었지만 그땐 보이지 않았다.

그렇게 서로를 미워하면서도 끝끝내 서로를 미워하지 않으려 부단히 노력한 끝에 우리는 그렇게 서로를 이해하게 되었다. 온전히는 아니지만, 진정으로. 각자 거대한 세상을 등에 지고 소싸움 하듯 들이받던 시간은 그렇게 막을 내렸다. 나는 여전히 쉽게 포기하지 않은 그때의 내가, 우리가 기특하다. 그 이후로도 우리는 때로는 투닥거리고, 때로는 미워했지만 결국엔 다시 제자리로 돌아왔다. 그럼에도 불구하고 기어코 극복해 낸 경험 덕분이었다.

남편은 나에게 옳고 그름을 떠나 자신이 소중하게 여기는 가치들을 존중해 달라고 했다. 자신의 약점을 다그치지 말고 있는 그대로 보듬어 주길 바란다고 했다. 나는 그에게 내가 어떤 삶을 꿈꾸는지, 그게 왜 중요한지 이해받고 싶다고 말했다. 결혼이 포기의 또 다른 이름이어선 안 된다고, 그것을 증명해 내는 삶을 살아가겠다고 했다.

결국 꿈을 이루겠다며 캐나다 유학길에 올랐을 때, 남편은 세상 최고 지원군의 모습을 하고 있었다.

나중에 들은 이야기지만 남편은 우리와 공항에서 헤어진 후, 인천에서 다시 창원으로 돌아가는 반나절 동안 꾹꾹 참다가 불 꺼진 아파트에 들어가는 순간 눈물을 쏟았다고 한다. 어떤 마음이었을까. 붙잡고 싶지만 붙잡을 수 없었을 것이다. 친구들은 너나없이 전생에 나라를 구했다며 남편을 추켜세웠지만, 그는 그저 평범하게 살고 싶었다는 걸 나는 알고 있었다. 평범하게 사는 게 얼마나 좋은 건지 아느냐고 그는 늘 말했다. 평범하고 평온한 삶이 제일 좋은 인생이라고.

그날 밤 남편은 아껴 두었던 글렌피딕 23년산 위스키를 땄고 장모님께 전화를 걸어 펑펑 울었다고 한다. 하지만 그 시각 펑펑 울고 싶은 이는 나였다.

분명 간절히 원했던 유학이었지만, 합격 통지서를 받는 순간까지도 나는 유학 이후에 어떤 삶이 펼쳐질지, 이 길이 더 나은 삶으로 이어질지에 대한 확신이 없었다. 돈과 시간을 쏟아붓는 일인 만큼 뭐라도 남아야 하건만, 그게 무엇인지 답을 찾을 수 없었다. 아무것도 남는 게 없다면 대체 왜 유학을 간단 말인가? 이 답은 미국에 사는 대학 동기 은정이가 알려 줬다.

유학 다음에 반드시 무언가 있어야 해? 유학 지체기 꿈일 수도 있지 않아? 여기서는 할머니, 할아버지가 늙어서도 학교만 잘 다녀. 그냥 배우고 싶은 거야. 그게 원하는 거야.

오호! 문제 해결. 끝.

회사는 어떻게 하지?

휴직할 생각이었지만 지역 방송국 아나운서 인력은 늘 부족했기에 휴직이라는 단어조차 꺼내기가 죄송스러웠다. 하지만 눈 딱 감고 휴직을 신청했다. 불편함과 죄송함을 무릅쓰는 일도 꿈을 이루는 과정의 일부다. 십 년 가까이 일당백을 해낸 지난날을 되돌아보며 나의 휴직을 애써 정당화했지만, 노동자와 사측은 같은 사안을 두고 매번 다른 해석을 내놓기 마련인지라 그들의 기억은 다르게 쓰였을 테다. 그래도 눈 딱 감았다. 또 문제 해결. 끝.

돈은 어디서 난담?

늘 유학, 유학 노래를 불러 온 터라 모아 둔 돈이 좀 있었다. 노후가 아니라 순전히 유학을 위해 모아 둔 돈이었다. 초기 정착금으로 그 돈을 먼저 쓰고, 이후 캐나다 생활비는 남편의 월급으로 충당하면 되겠다는 계산이 나왔다. 어차피 한국에서도 남편 월급과 내 월급으로 네 식구 생활비를 충당했다. 캐나다 간다고 갑자기 돈이 더 드는 게 아니라 한국에 있어도 생활비는 써야 한다. 여기서나 거기서나 생활비는 원래 필요한 거 아녀? 그렇게 정신 승리를 하니 돈도 해결됐다. 끝.

남편도 걱정이다.

냉정하게 말해 그는 무슨 잘못인가. 얼마나 아이들이 보고 싶을까. 얼마나 외로울까. 긴 시간에 걸쳐 설득했다. 인생 길게 봐 달라고 부탁했다. 지금은 당신이 희생하겠지만 미래에는 내가 희생할 때가 있을 테니, 그렇게 서로를 밀고 끌어 주는 배우자가 되자고 설득했다. 먹혔다. 끝.

학위를 못 딸 수도 있지 않을까?

논문 심사를 통과하지 못해 수료만 하고 돌아온다고 하더라도 최소한 영어 실력은 늘겠지. 그래도 평생의 한은 풀리겠지. 만약 실패한다면 이제는 남 탓, 세상 탓, '원래' 탓할 일 없이 오로지 내 탓이니 받아들이고 살겠지. 끝.

아이들이 캐나다 학교에 적응을 못 하면 어떡하지?

미리 하는 걱정만큼 미련한 게 없다. 허구한 날 머릿속으로 상상해 봐라, 실제 그런 일이 일어나는지. 걱정한다고 해결이나 되는 일인지. 끝.

문제는 늘 있었다. 이유도 늘 있었고 핑계도 당연히 매번 있었다. 하지만 '왜'를 찾으면 '어떻게'는 뒤따라오게 마련이다. 한 번 사는 내 인생, 나의 흡족함을 위해 나아가기로 했으니 그에 수반되는 모든 문제는 겸허히 해결하면 된다.

사람들은 보통 자신의 처지를 두고 상황을 탓한다. 하지만 나는 상황을 믿지 않는다. 성공하는 사람들은 자신이 원하는 상황을 찾아 나가거나, 만약 찾지 못하면 직접 만들어 나가는 법을 알고 있다. 이 멋진 세 문장은 내가 한 말이 아니고 우물쭈물하다 내 이럴 줄 알았다는 묘비명의 주인공 조지 버나드 쇼 님의 말씀이다.

그렇다. 상황은 그냥 주어지지 않는다. 상황은 만들어 가는 것이다. 방금 세 문장은 내가 썼다.

기어코
해냈어

내일이면

괜찮아질 거야

아이가 쓰러졌다

토론토 공항에 착륙하기 두 시간 전부터 지한이 좀 이상했다. 비행기 냄새가 고약하다느니, 쓰고 있는 마스크 냄새가 역겹다느니, 냄새 타령을 시작했다. 양치를 시키고 마스크도 새것으로 바꿔 줬지만 소용이 없었다. 토하고 싶다기에 화장실 앞에 같이 줄을 섰는데, 역겨움을 참지 못한 아이가 몸을 앞으로 휘청이며 급작스럽게 토를 쏟아 냈다. 빈 컵을 수거 중이던 승무원이 때마침 옆을 지나가기에, 잽싸게 쟁반 위 컵을 잡아 애 턱 밑에 받쳤다. 빛나는 순발력이었다. 한 방울의 토사물도 바닥에 흘리지 않았다는 뿌듯함이 순간 온몸을 뒤덮었다. 이때까지만 해도 마음에 여유가 있었다.

지한은 그때부터 토론토에 도착할 때까지 수도 없이 헛구역질을 해 댔다. 해 줄 수 있는 게 없어 애가 탔다. 코로나 때문에 모두가 기내에서 마스크를 착용하던 시기, 아이가 헛구역질을 할 때마다 쏟아지는 따가운 시선에 마음이 더 움츠러들었다. 그렇게 두 시간을 쩔쩔매다가 겨우 캐나다에 도착했지만 이번엔 무슨 일인지 비행기 문을 열어 주지 않았다. 수십 분 후, 토론토에 번개가 치는 바람에 기술적 문제가 생겨 공항이 현재 매우 복잡하다며 잠시 기내에서 대기해 달라는 안내 방송이 나왔다. 참다못한 아이는 배를 움켜쥐며 비행기 바닥에 누워 버렸다. 10분 간격으로 당신의 인내심에 감사한다는Thank you for your patience! 기내 방송이 나왔지만 이 비행기 안에 인내하는 사람은 없었다. 인내 좋아하고 자빠졌군.

기약 없는 기다림이 이어지고 지한이 네 번째로 토할 때쯤, 승무원이 우리를 일등석으로 데려갔다. 비행기 문이 열릴 때까지 편하게 쉬라는 배려였다. 인천에서부터 손님 없이 운항했는지 좌석마다 비닐을 뜯지 않은 담요가 가지런히 놓여 있었다. 아픈 지한 덕에 얼떨결에 처음으로 일등석에 와 본 주한은 각종 버튼을 쉴 새 없이 누르고 조작하더니, 앞으로 여행 갈 때는 일등석만 타는 게 어떻겠냐고 물었다. 마치 여기가 이코노미석보다 오만 원 정도 더 비싸지 않겠냐는 뉘앙스로다가 해맑게. 그러자고 했다. 설명할 힘조차 없었다.

열네 시간을 날아와 두 시간을 갇혀 있었으니 열여섯 시간이나 비행기 안에 있은 셈이다. 고통스러운 기다림 끝에 드디어 비행기 문이 열렸지만 지한은 걸을 수 없는 상태였다. 축 늘어진 아이를 안고 출국 심사대를 찾아 나섰다. 주한은 내 배낭에 달랑달랑 붙어 있는 끈을 잡고 따라 걸었다.

공항은 그야말로 인산인해였다. 출국 심사 줄이 어찌나 길던지 캐리비안베이 메가스톰 줄은 양반이었다. 업었다가 안았다가 눕혔다가, 한 시간 넘게 줄을 서니 드디어 차례가 오긴 왔다. 여권은 세 갠데 왜 사람은 두 명이냐고 출국 심사관이 묻기에, 아픈 아이가 당신 앞 바닥에 누워 있다고 알려줬더니 심사관이 자리에서 일어나 목을 쭉 빼 바닥에 누워 있는 지한을 확인했다. 여권 세 개에 도장 세 개가 재빠르게 연달아 찍혔다.

비자를 발급받을 차례였다. 캐나다는 독특하게 공항에서 비자를 발급받는다. 물론 그 전에 캐나다 정부 홈페이지에서 비자 발급 신청서를 작성하고 각종 서류를 업로드해야 하지만, 비자 유효 기간은 전적으로 입국 당일 공항에 앉아 있는 캐나다 공무원의 손에 달려 있다.

또 얼마나 기다려야 할까. 공항에서 언제쯤 나갈 수 있을까. 아이는 버틸 수 있을까. 지칠 대로 지친 몸을 이끌고 줄 끄트머리에 겨우 자리를 잡았다. 그런데 그때, 겨우 몸을 가누고 있던 지한이 갑자기 쓰러졌다. '쿵' 하고 소리가 났다. 우리 뒤에 있던 일행이 일제히 손을 들더니 "Help!"라고 허공을 향해 외쳤다.

엄청난 무기력이 덮쳐 왔다. 애가 쓰러졌는데 엄마라는 사람이 할 수 있는 일이라곤 괜찮은지를 여러 번 물어보는 것뿐이었다. 다행히 아이는 의식이 있었고 바닥에 누워 눈을 껌뻑이며 나를 쳐다봤다.

홍해가 갈라졌다

곧바로 공항 경찰이 휠체어를 가져와 지한을 번쩍 들어 앉혔다. 지한은 휠체어 의자 위에 그냥 널브러졌고, 그 옆에 멀뚱멀뚱 서 있던 주한의 손엔 지한의 토사물이 담긴 비닐봉지가 들려 있었다.

우리가 캐나다에 입국한 시기는 2021년 여름으로 코로나에 대한 경계가 극에 달했던 때였다. 캐나다 방역 정책에 따라 해외 입국자들은 예외 없이 공항에서 코로나 검사를 받아야 했고, 결과가 나올 때까지 지정 숙소에 머물러야 했다. 정부의 강력한 방역 정책 앞에 공항에서 토하는 여덟 살 난 아이도 예외일 수는 없을 거라고 생각했다. 병원이나 앰뷸런스는 생각할 수도 없었다. 우리 신분이 외국인이라는 무기력함도 있었다. 그저 빨리 공항을 빠져나가 아이를 숙소 침대에 눕혀야겠다는 생각뿐이었다.

지금도 종종 그날을 복기해 보곤 하지만, 다시 돌이켜 봐도 그때 내가 무엇을 더 할 수 있었는지 딱히 묘안이 떠오르지 않는다. 유학 기간에 의도치 않게 캐나다의 의료 시스템을 속속들이 경험하고 난 지금에 이르러 생각해 봐도 그렇다. 이 나라에선 아플 땐 버틸 수 있을 때까지 버티는 게 상책이다.

그런데 지한이 휠체어에 앉자마자 놀라운 일이 벌어졌다. 우리 앞에 줄 서 있던 수백 명의 사람들이 길을 터 주는 게 아닌가. 홍해가 갈라질 때 모세의 기분이 이랬을까. 롯데월드 매직패스가 이런 기분일까. 우리는 순식간에 비자 발급 줄 맨 앞에 도착했다. 족히 세 시간을 기다려야 하는 줄을 뒤로하고 3분 만에 줄 제일 앞까지 당도한 것이다. 이럴 때 써 먹으라고 조상들이 만들어 둔 말이 있지. 인생사 새옹지마.

40분의 기다림 끝에 학생 비자가 나왔다. 이제 짐을 찾고 마지막으로 코로나 검사를 하고 밖으로 나가면 된다. 토론토 공항에 도착한 지 벌써 네 시간이 지나가고 있었다. 하지만 방심은 금물. 이 리얼리티 서바이벌 쇼는 아직 끝나지 않았다. 짐을 찾으러 Baggage Claim에 가보니 수천 개의 여행 가방이 바닥에 널브러져 있었다. 어디서 출발한 비행기에서 어떤 짐이 내려진 건지 도무지 알 수 없는 상황. 차라리 서울에서 김 서방을 찾는 게 더 빠르지 않을까?

휠체어를 한쪽 벽에 세워 두고, 주한에게 지한 곁을 떠나지 말라고 신신당부하고선 바로 김 서방들을 찾아 나섰다. 온몸에서 땀내가 나는 기분이었다. 아니, 기분 탓이 아니라 실제로 옷이 땀에 흠뻑 젖어 있었다.

온 세상이 나를 질책하는 소리가 들렸다

땀 흘리며 열심히 여행 가방을 찾고 있는데 저 멀리서 주한이 급박하게 "엄마!"를 외쳤다. 지한이 심하게 헛구역질을 하면서 앞으로 고꾸라지고 있었다. 아이의 양쪽 콧구멍에선 코피가 흘렀고, 헛구역질 끝엔 피가 섞인 올리브색 위액까지 섞여 나왔다. 주위를 둘러봤지만 업무가 마비된 공항에서 우리를 도와줄 공항 직원은 아무도 없었다. 말 그대로 공항 마비 상태. 이 공항에서 내가 공황이 올 지경이었다. 이러지도 저러지도 못하고 가방에서 황급히 물티슈를 꺼내 애 얼굴을 닦는데 눈물이 터졌다. 네 시간 동안 참았던 울음이었다. 흐르는 눈물에 마스크가 젖었다. 마스크 안에 숨겨져 있던 콧구멍에서는 콧물이 줄줄 흐르고 있었다.

드디어 꿈을 이룬다는 기대감, 캐나다에 첫발을 내디딘다는 설렘, 아이들을 안전하게 데리고 가야 한다는 의무감, 아픈 아이에 대한 죄책감, 큰일이 날지도 모른다는 불안감. 그 감정들이 뒤엉켜 폭발했다.

너 세상 무서운 줄 모르고 어디 애 데리고 유학을 가니.

온 세상이 나를 질책하는 소리가 들렸다. 그런데 그때 이 모든 장면을 말없이 지켜보던 주한이 내 어깨를 톡톡 치더니 엄마, 울지 마세요. 엄마는 끈기 있는 여자잖아요.

라고 말했다. 귀를 의심했다. 어린이들에겐 때와 장소에
꼭 맞는 말을 생각해 내는 재능이 있는 걸까. 로봇 조립을 잘
못했어도 짜증 내지 않고 처음부터 다시 해 보는 게 끈기야.
숨이 넘어갈 듯한 기분이어도 1m 더 뛰어 보는 게 끈기야.
짜증이 나도 해야 할 일을 해내는 게 끈기야. 아이가 말귀를
알아들었을 적부터 귀에 못이 박히도록 강조했던 '끈기'가 이
타이밍에 아이의 입에서 튀어나오다니! 그러면 엄마는 보여
줘야 한다. 아이가 지켜보고 있다.

의도치 않게 갑자기 끈기 있는 여자가 되어 버리는 바람
에 삼십 분을 내리 뛰어다녀, 생각보다 빠르게 김 서방 다섯
개를 모두 찾아낼 수 있었다. 마지막 절차인 코로나 검사까
지 끝내고 공항을 나와 길 건너에 있던 호텔 로비에 들어섰
을 때, 또 스무 명 정도가 체크인을 위해 줄 서 있는 모습을
보고 절망했지만 아픈 지한이 로비 바닥에 눕는 바람에 일사
천리로 체크인도 마무리됐다.

쉐라톤 게이트웨이 호텔 320호. 인천에서 토론토까지
12,000km에 이르는 길보다, 토론토 공항에서 길 하나 건너

에 있는 호텔로 오는 길이 비교할 수 없을 만큼 더 멀었다. 현실은 과학적이지 않다, 늘.

호텔 방에 들어가서도 곧장 침대에 누울 수 있는 건 두 아이뿐이다. 엄마는 그래서 위대하다. 생명을 잉태해 열 달을 품었고, 뭐 그래서 여성이 위대하니 마니 하는 이야기는 재미없는 다큐멘터리에서나 하는 소리다. 자기 몸이 부서져도 기어코 자식을 먼저 씻기고 먹이기에 엄마는 위대하다. 컨시어지에 전화해 저녁 식사를 주문했다. 욕실에 수증기가 가득 찰 만큼 뜨거운 물을 틀고 이이들을 한 명 한 명 씻겼다. 코로나 감염이 걱정됐다. 지한은 욕조 바닥에 누워 있었다.

아이는 한숨 푹 자고 일어나면 괜찮을 것이다. 친정 아빠가 늘 그랬다. 어린이는 잘 자고 나면 다 낫는다고. 아, 그리고 아플 때 엄마가 아이를 온몸으로 품어 주면 회복이 빠르다는 얘기도 얼핏 들었었다. 논문도 있다고 그랬지, 아마? 아이가 아프지 않길 간절히 바라는 마음에 이 얘기 저 얘기 들어맞는 이야기들을 애써 떠올리며 아이를 꼭 안고 잠들었다. 지한은 내일이면 괜찮아질 것이다.

그렇게 캐나다의 첫날이 지나갔다.

그래,

맥주로
통치자

보름간의 격리가 끝났다

숨 막히게 무더운 오후였다. 아이는 연신 땀을 닦아 대며 집에 다 와 가느냐고 물었다. 차가웠던 맥주도 금세 미지근해졌다. 집에 도착하려면 20분은 족히 더 걸어야 한다. 더위에 아이들의 얼굴이 벌겋게 달아올랐다.

조금만 참아. 저 큰 버드나무 보이지? 저 나무 지나가면 집이 보일 거야.

보채는 아이들과 다르게 나는 차분하게 같은 생각을 반복했다. 집에 도착하자마자 냉동실 깊숙이 맥주를 넣어야지.

샤워를 하고 바로 맥주를 벌컥벌컥 마시는 거야. 차가운 맥주가 혈관을 타고 온몸을 휘감다가 발가락에 도달할 때의 짜릿한 기분을 상상했다. 발가락 열 개가 움찔하고 동시에 오그라들겠지.

캐나다에 입국한 지 보름이 되는 날이었다. 의무 격리가 드디어 끝났다. 코로나가 만연하던 시기, 캐나다 정부 정책에 따라 해외 입국자는 모두 14일간 자가 격리를 해야 했다. 토론토 공항에서 실시한 코로나 검사 결과를 기다리며 사흘은 공항 앞 호텔에 갇혀 있었고, 음성 판정 후 나머지 열하루 동안은 미리 계약해 둔 해밀턴 집에 들어와 지냈다. 2주 동안 갇혀 지내며 아이들과 지지고 볶고 볶이다가 이러다 내가 정말 오징어 간장 볶음이 되는 건 아닐까 걱정될 때쯤 격리가 끝났다. 맥주 한 모금이 간절했다.

우리 셋은 정수리가 뚫린 여름 모자를 챙겨 쓰고 집을 나섰다. 모든 풍경이 생경했다. 한 집 건너 한 집마다 마당에 도요타 차가 세워져 있었고, 어떤 집 마당에선 스프링클러가 돌아가고, 어떤 집에선 수영복을 입은 아이들이 마당을 뛰어다니고 있었다.

가로수는 저마다 웅장했다. 살면서 나무를 보고 황홀해한 적이 있었던가. 길가에 무심하게 서 있는 나무 하나하나가 시골 동네 마을 어귀에서나 보던 정자나무 같았다. 나뭇잎은 어찌나 푸릇푸릇한지, 가장 옅은 초록에서 가장 짙은 초록에 이르기까지 모든 초록을 사랑한다던 〈신록 예찬〉이 절로 생각났다.

목적지는 LCBO였다. 캐나다 온타리오주에서는 LCBO 매장에서만 술을 구입할 수 있다. 동네 편의점에서 손쉽게 맥주를 구입하던 한국 사람이 보기엔 여간 불편하고 번거로운 제도가 아닐 수 없다. 술을 사려면 꼭 주변 LCBO 매장을 검색해서 찾아가야 한다. 심지어 일요일에는 오후 여섯 시면 문을 닫는다. 일요일 오후 일곱 시에 갑자기 맥주가 먹고 싶으면 어쩐란 말인가. 청교도인들이 세운 나라라서 그런가? 술을 구매하기까지의 과정이 번거로우면 주류 소비량이 좀 줄어들 것이라고 기대했던 걸까.

앞으로 맥주를 짝으로 쟁여 놔야겠다고 생각하며 걷다 보니 LCBO에 도착했다. 덥다는 아이들을 달래기 위해 근처의 Burger's Priest라는 레스토랑에 먼저 들렀다. 아이들은 왜 꼭 볼이 터질 만큼 입안에 감자튀김을 쑤셔 넣는 건지 매번 보면서도 의문이다. 그래도 내 새끼는 역시 귀엽다. 해바라기 씨를 가득 문 욕망의 햄스터 같다. 육즙이 팡팡 터지는 소고기 패티 덕분인지, 2주 만의 외출 덕분인지, 앞으로 캐나다 생활이 근사할 것만 같은 기분이었다.

LCBO는 더 근사했다. 밀맥주부터 포터까지 다양한 맥주가 대량으로 쌓여 있는 모습을 보니 캐나다 유학을 감행한 스스로가 기특해 죽을 지경이었다. 한국에 돌아가기 전까지 이 LCBO에 있는 모든 맥주를 다 마셔야지!

맥주 세 캔을 사 들고 덥다며 투덜대는 아이들을 어르고 달래면서 집으로 돌아와 의식을 거행했다. 물에 적신 키친타월을 맥주 캔에 감싸 냉동고에 넣었다. 맥주를 빨리 시원하게 만드는 방법이다. 나는 그 어느 때보다 진지했다. 지난 보름 동안 고생한 나에게 완벽한 보상을 해 주고 싶었다. 여덟 번의 토를 받아 내는 난리 블루스를 겪고 캐나다에 도착하자마자 열 평 남짓한 호텔 방에 여덟 살 난 남자아이 둘과 사흘 동안 갇혀 있었다. 다시 열하루 동안 집 안에 갇혀 소처럼 일만 했다. 아무렴, 나는 맥주를 마실 자격이 충분하다.

대충 샤워를 하고 나와 시트러스 향이 나는 IPA부터 먼저

들이킨다. 울대뼈가 꿀렁이자마자 콧구멍에서 오렌지 껍질 향이 난다. 발가락 열 개가 동시에 오므라든다. 2주 동안 북극해를 떠돌아다니던 집 나간 영혼이 비로소 돌아오는 기분이다.

앞으로도 자격은 충분할 것이다

세 캔을 연달아 마셨더니 알딸딸하다. 알딸딸하니 행복하다. 앞으로 이 집에서 얼마나 많이 이러한 순간들을 마주할까. LCBO에 있는 맥주들을 한 번씩은 다 먹어 볼 심산이니 아주 볼만하겠지. 족히 수백 종은 넘겠던데 있는 힘껏 마셔 봐야지.

앞으로 마실 맥주에는 아마 저마다 보상의 이름표가 붙을 것이다. 과제를 끝내고 마시는 맥주, 육아를 마치고 마시는 맥주, 자존심이 상해서 마시는 맥주, 대청소하고 마시는 맥주. 성적이 잘 나와서 마시는 맥주도 있겠지. 아, 성적이 잘 나와서 마시는 맥주는 꼭 좀 마셔 보고 싶네. 그렇게 고생이 모이고 보상이 모이면 이 유학은 끝나 있겠지.

저녁 여덟 시가 다 되어 가는데 창문 밖 햇살은 오후 한 시와 다르지 않다. 캐나다의 여름 해는 언제 지는 걸까. 덥다고 징징대던 아이들은 마당과 집을 들락날락하며 까르르까르르 웃는다.

　엄마, 그렇게 맥주 마시고 싶다더니 맛있어요?

　개구지게 웃고는 물총을 들고 또 밖으로 뛰어나간다. 그 순간 현재를 살면서 미래를 보았다. 아마 우리는 지금 이 순간을, 오늘의 나를, 캐나다에서 보내는 시간을 사는 내내 그리워하겠지. 사무치게 그립다는 말이 떠오르겠지. 흘러간 시간은 늘 그렇게 기억되니까. 갑자기 센티해지는 걸 보니 고작 맥주 세 캔에 취한 게 분명하다.

이루고 싶은 일들을 실행해 나갈 때 알아야 할 몇 가지 지침이 있다. 물론 이 지침을 안다고 해서 땅을 내려다보며 걷던 날들이 갑자기 웃음으로 채워지진 않는다. 알아도 힘든 건 힘들다. 하지만 알고 당하는 것과 모르고 당하는 것은 천지 차이다.

그러니 알고 당하자.

첫째, 그럴싸한 결론에 도달하기 위해선 형편없는 오늘이 반드시 필요하다.

둘째, 꿈에 다다르는 길은 원래 공사판이다.

셋째, 주변 사람들은 당신의 꿈을 응원하지 않는다. 주변 반응에 일희일비하지 않고 나아가는 것도 꿈을 이루기 위한 과정이다.

넷째, 처음 모습이 마지막 모습은 아니다. 네 시작은 미약하나 그 끝은 창대하리라는 말을 믿자.

그리고 마지막으로, 지금 있는 자리에서 당장 한 걸음을 떼야만 그다음이 있다.

형을 잃은

이웃집
루크

마주치기만 해 봐라, 다 퍼 줘야지

옆집에 남자아이 하나가 살고 있다는 건 알고 있었다. 격리 기간 중 마당을 들락날락하다 열두세 살 정도로 보이는 아이가 해 질 녘에 집 앞에 나와 혼자 공놀이하는 장면을 봤다. 멀리서 눈이 마주치고는 어색하게 "Hi." 인사만 주고받았지만, 속으로는 쾌재를 불렀다.

캐나다로 오면서 간절히 바라는 게 하나 있었다. 이웃에 쌍둥이랑 놀 수 있는 동성의 또래 아이가 있길 바랐다. 요맘때의 아이들은 동성 친구가 있으면 시간 가는 줄 모르고 논다. 엄마를 찾지 않는다. 썰매를 타는 어린 애들이 해 가는 줄도 모른다는 동요 가사가 괜히 있는 게 아니다. 아이들은 정말 해 가는 줄 모르고 친구랑 논다. 나는 해가 지도록 공부와 과제를 할 수 있을 터였다. 만나기만 한다면 자신 있었다. 퍼부어 줄 심산이었다. 정확하게 500ml의 물을 넣고 끓인 꼬들꼬들한 한국 라면을 누가 거부하겠는가. 달콤하고 짭짤한 소불고기는 또 어떠한가. Kimbab도 만들고 TToekbboki도 만들어 줄 테다. 한 명만 걸려라. 우리, 친구가 되자!

그 아이를 또 마주치지 않을까 싶어 격리가 끝나고 나서 며칠 동안 집 앞을 어슬렁거렸다. 이러느니 차라리 이웃집 벨을 누르고 먼저 말을 걸어 보는 게 낫지 않겠냐고 아이들이 내게 물었지만, 그럴 자신은 또 없었다. 우리는 싱겁게 그냥 주변을 계속 어슬렁대기로 했고, 며칠 지나지 않아 그 아이와 마주칠 수 있었다.

이름이 Luke라고 했다. "I like your name!" 평소보다 세 톤 정도 높은 목소리가 튀어나왔다. 사실 너의 이름이 데이비드건, 톰이건 나는 네 이름이, 네가, 그냥 좋을 예정이었다는 말은 하지 않았다. 네 이름이 좋다는 말에 루크는 활짝 웃었다.

계획대로 라면을 끓여 줬다. 맵부심이 있는 한국인으로서 혹시 이 외국인 친구가 혹시 혓바닥에 불난다고 하진 않을까 걱정되어 진라면 순한맛을 끓였다. 맵지 않냐고 물었더니 웬걸, 루크가 한술 더 뜬다.

우리 민족만큼 매운 음식을 좋아하는 민족은 세계에 없을 거예요.

"네가 무슨 민족인지는 모르겠다만, 고추를 고추장에 찍어 먹는 한국인을 따라올 민족은 없단다."라고 말하고 싶었지만 물어봤다.

웨얼 아 유 프롬?

아임 컬디쉬.

컬디쉬?

루크가 친절하게 K U R D I S H 라고 알파벳을 읊어 줬다. 쿠르드족이었다. 역사의 풍파에 국가를 건설하지 못해 3,000만 명이 넘는 거대 민족이 서아시아를 중심으로 세계

곳곳에 흩어져 산다는 사실을 내가 알 리는 없고, 나무위키에 그렇게 적혀 있었다. 루크는 레바논에서 태어나 터키로 이주했지만 심한 차별과 억압에 고통받았다고 했다. 그러면서 한국의 일제 강점기를 언급하며 그때의 재팬Japan을 상상하면 될 것이라는 말도 덧붙였다. 어머? 얘 똑똑한가?

그래서 우리 집엔 일곱 명이 살아요

레바논에서 태어나 터키에 살았다니 다음 이야기가 궁금해 현기증이 날 지경이었다. 후루루 짭짭 맛있게 라면을 먹으며 루크는 이야기를 이어 갔다. 터키에 살던 루크네 가족은 6년 전 캐나다로 망명했다고 한다. 터키를 떠나면서 처분한 돈으로 친할머니와 부모님, 여섯 남매의 편도 비행기 표만 겨우 살 수 있었다고 했다. 뭐라고라고라?

그럼 너희 집에 지금 아홉 명이 살아?

큰누나가 몇 년 전에 결혼해서 근처의 구엘프라는 동네에 살고 있고, 자기 바로 위의 형은 캐나다에 온 지 몇 달 되지 않아 죽었다고 했다. 자기와 두 살 터울이 나는 형이라 친구처럼 지냈는데 갑자기 죽는 바람에 그동안 너무도 외로웠단다. 형은 터키에서 알 수 없는 병에 걸려 수술을 받았고 그이후에도 무슨 영문인지 더 쇠약해졌다고 했다. 형의 병을 치료하기 위해 루크 아버지는 캐나다 망명이라는 큰 결심을 했고, 그렇게 급하게 모든 것을 처분하고 캐나다에 왔지만 예상치 못하게 형은 치료도 한 번 받지 못하고 이곳에 오자마자 죽었다고. 그래서 우리 집에는 지금 일곱 명만 산다는 루크의 담백한 결론에 내 리액션은 고장이 났다.

침울한 분위기를 감지한 쌍둥이가 헤헤대며 라면을 먹다 말고 물었다. 입에 불이 난 건 옆집 사는 외국인 형이 아니라 한국에서 온 이 꼬마들이다.

엄마, 이 형이 뭐래요? 뭐라는 건데요? 슬픈 얘기예요?

나중에 자세히 얘기해 주겠다고 했다. 내 설명을 들은 아이들이 애처로운 눈빛으로 루크를 쳐다볼 게 뻔해서 그랬다. 얼굴에 감정을 그대로 드러내는 꼬맹이들이 루크에게 상처를 줄까 봐 걱정됐다. 그런 상황을 만들고 싶지 않았다.

나는 부엌 찬장을 열어 루크에게 화려한 한국 라면 셀렉

선을 보여 줬다. 다시 목소리를 두 톤 정도 올리고선, 너구리 한 마리를 몰고 가고 싶은 날이나, 일요일에 요리사가 되어 짜파게티가 먹고 싶거나, 아니면 한국인의 매운맛 신라면이 궁금하다면 언제든 우리 집에 놀러 오라고 했다. 루크는 아까보다 더 활짝 웃었다.

라면을 먹고 나서 아이들은 마당에 나가 뛰어놀았다. 차고 수도꼭지에 연결된 긴 호스를 풀어 허공에 물을 뿌려 대며, 뭐가 그렇게 재밌는지 셋이서 계속 웃기만 했다. 쌍둥이가 하는 말이라곤 "유! 루크! 노우! 나우! 오케이!"뿐이었지만 나름 자기들끼리 술래잡기도 하고, 물총놀이도 했다.

그래, 물이 있고, 호스가 있고, 잔디가 있고, 파란 하늘이 있는데 말이 안 통하면 어떠하리.

작은 아이의 마음을 모두 헤아릴 순 없지만

형의 죽음을 그토록 담백하게 이야기할 수 있기까지 루크에 겐 시간이 얼마나 필요했을까. 얼마나 많은 밤하늘의 별을 세어 봤을까. 그런 시간들을 보내고도 어떻게 우리에게 그렇게 활짝 웃어 줄 수 있었을까.

그날 밤, 옆집에 루크 형이 살아서 캐나다가 너무 마음에 든다고 지한이 말했을 때 나도 너무나 좋아서 웃음이 났다. 우리에겐 벽 하나를 같이 쓰는 마음씨 고운 쿠르드족 친구가 생겼다. 그날 밤, 루크도 같은 생각을 했을까? 옆집에 남자아이 둘이 이사 와서 좋다는 생각을 하며 잠들었을지도 모르겠다. 아니면 너구리 한 마리 몰고 갈 타이밍을 꿈꿨을지도 모르지. 이러나저러나 우리 모두 훈훈한 마음으로 잠든 밤이었음은 분명하다.

더 퍼부어 줘야지.

팔이

부러졌다

I was a brave patient?

세상의 모든 색이 제자리를 찾은 것만 같았던 9월의 첫날이었다. 하늘은 파랗고 구름은 하얗고 나뭇잎은 초록색이었다. 아이들과 집 근처 공원에 놀러 가기로 했다. 냉장고에 남아 있던 빵과 과일을 대충 통에 담았다.

공원에 도착하자마자 가장 큰 나무를 찾아 그늘에 타월을 깔고 벌러덩 누웠다. 영화에서나 보던 이런 거, 아무 데나 타월 깔고 선글라스 끼고 누워 있는 거, 외국 사람들이 많이 하던 거, 안 그래도 해 보고 싶었다. 텀블러에 담아 온 아이스 아메리카노를 마시며 책을 읽었다. 그래, 캐나다는 이 맛이야!

아이들이 그네를 타겠다고 놀이터 쪽으로 달려간 지 십분 정도 지났을까, 누군가 놀란 목소리로 "오 마이 갓!"이라고 외치는 소리가 들렸다. 본능적으로 스프링처럼 벌떡 일어나 놀이터로 뛰어갔다. 상황 파악도 채 되기 전인데 어떤 흑인 여자가 다가와서는 내게 정신없이 말을 퍼부었다. 이 아이가 지금 저 위에서 떨어졌는데 자기가 그걸 봤고, 당장 병원에 가야 한다고 했다. 아마도 좀 전에 '오 마이 갓'을 외친 여자인 듯하다. 그런데 이 여자 혹시 래퍼인 걸까? 그렇지 않고서는 이렇게 빠르게 말할 수 없다.

상황을 보아하니 지한이 구름사다리monkey bar에서 떨어진 것 같았다. 아이가 땅에 큰 대 자로 누워 있었다. 처음에는 머리를 다친 줄 알았는데 자세히 살펴보니 팔이 살짝 비틀어진 것이, 아무리 봐도 모양이 이상했다. 극심한 고통을 호소하는 아이를 겨우 일으켜 세워 조심스럽게 차에 태웠다. 바로 병원을 검색했다. 주한은 공원에 남은 짐을 챙겨 허둥지둥 차로 뛰어왔다.

병원에 도착하자마자 접수처로 뛰어가 다짜고짜 애 팔이 부러진 거 같다고 했더니, 직원이 다짜고짜 헬스 카드를 달라고 했다. 그게 뭔지 알아야 주지. 뭔 줄 알아도 없었지만.

캐나다에 온 지 3주밖에 되지 않아서 잘 몰라요. 그런데 아이가 지금 너무 아파요.

어찌저찌 접수를 마쳤다. 그런데 30분이 지나도록 아무도 아이를 들여다보지 않는다. 아픈 아이의 엄마에겐 인내보다 더한 형벌은 없다. 진통제라는 영어 단어를 검색하고 마음속으로 문장을 만들어 다시 접수처로 갔다.

아이에게 진통제라도 좀 줄 수 없….

문장이 채 끝나기도 전에 앉아서 기다리라는 답이 돌아왔다. 당연하게도 그들은 차분했고, 당연하게도 나는 불안했다. 잠시 후 간호사가 다가오더니 아이 입안에 물약을 짜 넣었다. 애드빌이라고 했다. 애드빌은 또 뭐야. 나는 아는 게 아무것도 없었다.

Advil(진통제)을 먹은 아이가 좀 진정되고 나니 그제야 응급실 풍경이 눈에 들어왔다. 열다섯 명 정도 되는 사람들이 하나같이 지루함 가득한 얼굴로 앉아 있었다. 그중 유독 인생을 포기한 듯한 표정의 남자가 눈에 띄었다. 한 손에 둘둘 말고 있는 흰 천을 보니, 아까 흘린 피는 거무스름한 갈색이었고, 지금 흘리고 있는 피는 새빨간 색이었다. 손을 크게 다친 모양인데 낯빛이 지나치게 창백했다. 장기전이 될 것임을 직감했다. 저 사람조차 지금 진료를 받지 못하는 상황이라면, 우리 순서는… 오지 않을 것이다. 사탕을 줬다가 유튜브를 보여 줬다가 겨우겨우 두 시간을 버텼다. 앉을 자리가 없어 나는 두 시간 내내 서 있었다.

"찌! 한ㄴ!" 드디어 이름이 불렸다. 엑스레이를 찍어야 한단다. 관자놀이가 터질 듯한 비명이 들렸다. 엑스레이를 찍고 나온 아이의 티셔츠 위에 'I was a brave patient'라고 쓰인 스티커가 붙어 있었다. 이 상황에서 애 옷에 스티커를 붙여 줄 수 있는 여유라니. 모든 것이 생소하다. 지금 여기에 브레이브한 사람이 있긴 할까.

다시 한 시간을 기다렸고, 그토록 보고 싶었던 의사가 등장했다. 너무 보고 싶어 꿈에 나올 지경이었던지라 등장만으로도 반가웠건만, 참으로 당황스럽게도 그녀가 던진 첫 마디는

I think it would be best for you to go to another hospital nearby.

였다. 이 따위 결론을 듣기 위해 팔이 비틀어진 아이와 네 시간 동안 버텼단 말인가.

전신마취를 하고 수술을 받다

물론 나름의 이유는 있었다. 단순 골절이 아니라 수술이 필요한 상황이었다. 내가 혹시나 못 알아들을까 봐 걱정됐는지 의사는 아이의 상태를 설명하며 아주 심각한 표정으로 'bad'라는 표현을 여러 번 썼다. 그때가 밤 9시였다.

의사는 내게 초진 기록이 담긴 서류봉투를 건네며 봉투 위에 적혀 있는 병원 주소로 가면 된다고 했다. McMaster Children's Hospital. 내가 앞으로 다니게 될 맥마스터 대학교 병원이었다. 그토록 다니고 싶었던 학교를 애 팔 부러지는 바람에 처음으로 가게 되다니. 나는 또 예쁘게 샤랄라 꾸미고 두근두근 뛰는 가슴 안고 폴짝 뛰면서 등교할 줄 알았잖아. 그런데 개강도 하기 전, 오밤중에 팔 부러진 애를 데리고 꿈에도 그리던 학교에 가 보게 되었구나. 왜 사냐 건 그냥 웃지요.

맥마스터 아동 병원에 도착하고 얼마 지나지 않아 〈그레이 아나토미〉에서 갓 튀어나온 듯한 금발의 백인 여성이 다가와 본인을 크리스티나라고 소개했다. 자신이 지한의 담당 간호사이고 잠시 후에 의사가 올 것이며, 아이는 진통제를 맞고 있는데 필요한 게 있으면 언제든 자기에게 알려 달라고 했다. 살면서 본 적 없는 장면이었다. 간호사가 자신의 이름을 먼저 소개하는 모습이라니, 잠시 그 당당함에 반했다. 그렇다. 그녀가 그녀의 이름을 소개하기 전에는 한 명의 간호사에 불과했지만, 그녀는 지금부터 크리스티나인 것이다.

지한은 침대에 누워서, 주한은 침대 옆 보호자 의자에 앉아 바로 잠이 들었다. 밤 열한 시가 넘은 시각. 다시 긴 기다림이 시작됐다. 혹시 우리를 까먹고 퇴근한 건 아닐까 하는 강한 의심이 들 때쯤 의사가 나타날 것이다. 아까 겪어 봐서 안다. 근처에 있던 플라스틱 의자를 끌고 와 지한이 누워 있는 침대에 엎드려 얼굴을 파묻었다. 불안감이 엄습했다. 침대 시트에서 나던 낯선 세제 냄새가 불안을 증폭시켰다.

죄책감에 견딜 수가 없었다. 애초에 유학을 온 것 자체가 잘못이었다. 범사에 감사할 줄 몰라 아등바등할 때부터 알아봤다고, 쌤통이라고. 캐나다 도착하자마자 공항에서 그 난리를 겪을 때부터 알지 않았냐고. 스스로를 호되게 몰아붙였다. 마냥 울고 싶었지만, 우는 것도 사치인 것만 같아 꾹 참았다. 눈물은 사치일 때가 많다.

새벽 한 시가 넘어 당직의가 등장했다. 다행히 의사는 우리를 잊은 채 퇴근하지 않았다. 하지만 불행히도 'bad'라는 표현이 또다시 여러 번 등장했다. 내일 아이 팔꿈치에 철심을 박는 수술을 할 예정이지만 몇 시에 진행될지 모르기 때문에 지금부터 금식해야 한다고 했다. 급하게 핸드폰에서 전신마취라는 단어를 검색해 의사에게 보여 줬더니 고개를 끄덕였다.

아이는 내일 전신마취를 하고 팔꿈치에 철심을 박는 수술을 받는다. 하늘은 파랗고 구름은 하얗고 나무는 초록이어서 공원으로 뛰쳐나온 차림새 그대로 우리는 갑자기 맥마스터 아동 병원 응급실에서 밤을 보내고 있다. 낮부터 아무것도 먹지 못했다. 한 치 앞을 모르는 게 인생이라면 나는 지금 제대로 인생을 사는 중이다. 한 치는 3cm라고 한다.

하지만 그날 밤, 배고픔보다 더 고통스러웠던 건 추위였다. 반팔에 반바지 차림으로 버티기엔 응급실의 에어컨 바람이 너무나도 매서웠다. 나는 크리스티나에게 담요를 달라고 했고, 또 달라고 했고, 또 달라고 했다. 동트기 직전, 부끄러움을 무릅쓰고 마지막으로 크리스티나에게 담요를 달라고 했을 때, 크리스티나는 더 이상 남은 담요가 없다며 나에게 초록색 수술복을 입혀 줬다. 내가 지금 여기에서 왜 초록색 수술복을 입고 있는지 알 수 없었지만 한 치 앞도 모르는게 인생이니까. 누가 뜨뜻한 짬뽕 한 그릇만 사 주면 좋겠다고 생각하다가 잠이 들었다.

투덜대지 말고

휘파람을
불어 봐

내 인생의 남은 의연함을 다 끌어모아

아침에 일어나자마자 병원 매점에 가서 더럽게 맛없는 사약 같은 커피를 사 마셨다. 최선을 다해 말짱한 정신을 유지해야 하는 날이다. 내 아이가 오늘 캐나다에서 전신마취를 하고 수술을 받는다. 주한에게는 6달러짜리 샌드위치를 사 먹였다. 형편없는 샌드위치였지만, 배를 곯은 아이는 맛있게 먹었다. 역시 시장이 반찬이다.

지난 새벽, 한 의료진이 주한을 가리키며 코로나 방역 정책 때문에 환자 한 명당 보호자 한 명만 응급실에 있을 수 있다고 알려 왔다. 3주 전에 캐나다에 왔기 때문에 아이를 데려

갈 사람이 없다고, 우리에겐 아무도 없다고 설명했지만 예외
는 없다고 했다.

한국에 있는 엄마에게 전화를 걸었다. 언젠가 먼 친척이
캐나다 어디에 산다고 들었던 이야기를 확인하고 싶었다. 얘
기를 들어보니, 그 먼 친척은 엄마의 오촌 이모의 자녀들이
었다.

미시사가에 산다고 함. 복선이 언니 XIX-XIX-XXXX.

통화가 끝나고 얼마 되지 않아 엄마가 메시지로 전화번
호를 보내왔다. 이제 막 이름을 알게 된 미시사가에 사시는
일흔이 넘은 복선이 할머니에게 전화를 걸었다. 죄송하지만
주한을 하룻밤만 재워 줄 수 있느냐고 조심스럽게 여쭤 봤
다. 아이를 키운다는 건 구차함을 이겨 내는 일이다. 가지 않
겠다는 주한을 어르고 달래 병원에서 차로 40분 정도 떨어진
미시사가에 보냈다.

지한은 27시간째 금식 중이었다. 한국인은 역시 기다릴
줄 모른다고 생각할까 봐 도대체 수술은 언제 하느냐고 두
시간 간격으로 세 번 정도만 물어봤다. 한국이었다면 하고

싶은 말이 많았을 것이다. 어떻게 대략의 수술 시간도 알려 주지 않냐고, 왜 애를 24시간 이상 굶기느냐고. 하지만 이 모든 말들은 삼켜졌다. 영어로 말한다는 부담감에, 이방인이라는 자격지심에, 캐나다 의료 시스템도 모르면서 교양 없게 구는 건 아닐까 싶어 위축됐다. 캐나다 병원은 기다림의 연속이다. 혹시 자신의 인내심을 시험하고 싶다면 캐나다 병원에 방문하시라.

그렇게 인내심 훈련이 한창 이어지던 오후 네 시쯤, 갑자기 의료진 서너 명이 병실로 들어와 지한이 누워 있던 침대 바퀴 고정 장치를 풀었다. 이제 수술 시간이란다. 갑작스러웠다. 댄스파티도 이런 식으로 벼락같이 시작하면 놀란다. 나는 허겁지겁 가방을 메고 따라나섰다.

수술 대기실에 도착하자 키가 190cm 정도는 훌쩍 넘어 보이는 한 흑인 남자 의사가 우리를 반겼다. 지한의 수술을 집도할 예니라고 스스로를 소개했다. 예니는 아이의 수술 과정을 간략하게 설명하고선 침대에 누워 있는 지한과 하이파이브를 했다. 〈그레이 아나토미〉에서나 봤던 서양식 병원 바이브가 자꾸만 눈앞에서 펼쳐졌다. 그 흐름에 몸을 맡길 수도 없고, 경직된 동양인처럼 있을 수도 없어 어정쩡한 표정을 지었다. 곧이어 마취과 의사가 와서는 내게 아이 손을 잡으라고 했다. 마취약이 들어가면 몸이 축 처질 텐데 놀라지 말라고 여러 번 당부했다. 이 나라는 아이 마취도 부모 앞에서 하는 건지 물을 새도 없었다. 급하게 지한의 이마에 입을 맞추고 눈을 맞췄다. 몇 초 지나지 않아 아이는 눈을 감았고, 의사 말대로 고개부터 꺾이며 몸이 처졌다.

　　지한아, 걱정하지 마. 엄마가 기다리고 있을게.

지금 한가롭게 울 때가 아니다

아이를 수술실에 들여보내고, 긴 복도 끝에 있는 보호자 대기실에 들어가 앉았다. 텅 빈 방, 벽에 붙은 텔레비전에선 저녁 뉴스가 나오고 있었다. 목구멍이 차가운데 목구멍이 뜨거웠다. 눈물이 나오려고 했다. 자판기에서 콜라를 뽑았다. 울컥울컥 치밀어 오르는 그 무언가를 삼키려고 벌컥벌컥 콜라를 마셨다. 울 때가 아니다. 내 인생에 남은 모든 의연함을 끌고 와서 오늘 다 쓰겠다고 다짐했다. 괜찮을 것이다.

　　얼마나 지났을까. 저녁 뉴스 앵커가 굿나잇 인사를 할 때쯤, 수술을 끝낸 닥터 예니가 보호자 대기실로 들어왔다.

All is well. Have a good night!

이렇게 말하곤 뒤돌아 나갔다. 진짜 딱 저 두 마디만 하고 갔다. 〈그레이 아나토미〉에서도 의사가 이 정도로 스웨그를 부리진 않은 것 같아 의아했지만 수술이 잘됐다니 상관없었다. 예니가 설사 찡긋 윙크만 하고 떠났어도 괜찮다. 아이 팔만 잘 고쳐 놓았으면 되었다. 퇴근길은 누구나 급하다.

회복실로 달려가 보니 마취가 덜 깬 아이가 잠들어 있었다. 웃통을 벗은 채 오른쪽 팔엔 거의 어깨까지 다 닿도록 붕대를 감고 있었고, 왼팔에는 여러 기계를 주렁주렁 달고 있었다. 병상이 족히 50개는 들어갈 것 같은 광활한 공간에 우리만 덩그러니 남아 있었다. 아마도 지한이 마지막 수술 환자인 듯했다.

넉살 좋은 간호사가 다가와 또 자기소개를 했고 다짜고짜 처방전을 건네주며 모르핀 투약 방법을 설명했다. 모르핀? 왜 투약 방법을 설명하는지 도통 알 수 없어서 말을 끊고 물어봤다.

Are you saying we should go home today?

그렇다고 했다. 입원은 안 된다고 했다. 이유는 기가 막히게도 아이가 집에 가도 괜찮기 때문이란다. 너무 논리적이군.

모르핀을 투약할 만큼 아픈 아이가 퇴원해도 괜찮은 게 어쩌면 캐나다의 문화일지도 모른다고, 억지스러운 상황을 애써 이해했다. 굳세었던 고대 스파르타인도 아이를 이 정도로 강하게 키우진 않았을 거란 생각이 들었지만 입을 꾹 닫았다. 영어를 잘 못하겠고, 나는 이방인이며, 이 나라의 문화를 잘 모르기 때문이었다. 애꿎은 처방전만 접었다 폈다.

이렇게 아파하느니 차라리 죽음을 택하겠어요

그새 마취에서 깬 지한은 통증이 심한지 소리를 지르기 시작했다.

엄마, 너무 아파요. 6,000개의 바늘이 제 팔을 찌르는 거 같아요.

제가 죽더라도 울지 마세요. 이건 제가 죽겠다고 한 거니까요. 이렇게 아파하느니 제가 죽겠다고 선택한 거니까 장례식장에서 울지 마세요. 엄마. 엄마.

인생에 남은 의연함을 다 끌어모아 쓰자던 다짐이 없었다면 나는 울어 버렸을 것이다. 무너지는 마음을 다잡고 한 시간 가까이 진을 뺐다. 그때쯤 전화가 울렸다. 아까 복선이 할머니 집으로 떠난 주한이었다. 아, 맞다. 나는 애가 둘이지.

엄마, 저 오늘 여기서 안 자면 안 돼요?

안 돼. 주한아, 지금 지한이 큰 수술 했어. 거기서 하룻밤만 자고 와.

엄마, 저 오늘 여기서 못 자요. 엄마 같으면 낯선 외국에 와서 모르는 사람 집에서 잘 수 있어요?

반박의 여지가 없이 맞는 말이었다. 지한에게 정신이 팔려 주한이 느꼈을 불안함을 미처 생각하지 못했다. 복선이 할머니는 아까부터 주한이 울고 있다며 아이를 다시 병원에 데려다주시겠다고 했다. 번거롭게 해서 죄송하다는 말씀을

드리고 전화를 끊었다. 아이를 키우는 건 반복되는 구차함을 견뎌 내는 일이다.

그렇게 아이 둘을 데리고 오밤중에 집으로 돌아왔다. 집을 나선 지 꼬박 서른두 시간 만이었다. 당장 한국으로 돌아갈까 수없이 고민했지만, 개강도 하기 전에 유학을 포기했다는 이야기는 듣도 보도 못한 것 같아 이를 꽉 깨물었다.

그날 밤, 지한은 한 시간 간격으로 잠에서 깼고, 나는 시간에 맞춰 모르핀과 타이레놀을 번갈아 먹었다. 새벽 네 시에 깼을 때는 또다시 6,000개의 바늘이 팔을 찌르고 있다고, 엄마가 내 장례식장에서 너무 슬퍼하지 않았으면 좋겠다고 울부짖었다.

그래도 늘 삶의 밝은 면을 보렴

도대체 지난 이틀 동안 무슨 일이 벌어진 걸까. 정신을 차릴 수가 없었다. 늦은 아침을 먹고 소파에 멍하니 앉아 있는데, 지난 새벽 고래고래 소리치던 아이가 와서 노래를 한 곡 틀어 달란다.

엄마, 혹시 그 노래 알아요? Always look on the bright side of life. 그 노래 틀어 주세요.

아이들에겐 정말 때와 장소에 꼭 맞는 말을 생각해 내는 재능이 있는 게 아닐까. 언제나 인생의 밝은 면만 보라는 노래를 이 타이밍에 틀어 달라니. 나는 난생처음 들어 봤는데 지한은 가사를 다 아는지 흥얼흥얼 따라 부른다. 제일 좋아하는 닌텐도 게임 노래란다.

Some things in life are bad
살다 보면 어떤 부분은 힘들어

They can really make you mad
그건 정말 사람을 미치게 만들지

Other things just make you swear and curse
또 나머지 부분은 욕을 퍼붓게도 만들지만

When you're chewing on life's gristle
삶의 고난을 되씹을 때도

Don't grumble, give a whistle,
투덜대지 말고 휘파람을 불어 봐

This'll help things turn out for the best
그러면 일이 잘 풀릴 테니까

Always look on the bright side of life
언제나 늘 삶의 밝은 면을 보렴

네가 듣고 싶은 말이었을까, 아니면 지금 엄마에게 들려주고 싶은 말이었을까. 우리는 그날 이후로 귀에 못이 박이도록, 마치 주문을 외는 것마냥 이 노래를 듣고 또 불렀다.

Always Look on the Bright Side of Life!

정말로

꼴등인 것
같다

너무나 두려웠던 첫 수업

캐나다로 유학 간다는 말에 아이는 어떻게 돌볼 거냐, 아프면 어떡하느냐, 영어로 논문을 쓸 수 있느냐 등등 주변의 걱정은 다채로웠다. 하지만 내 진짜 걱정을 알아챈 사람은 아무도 없었다. 나는 첫 수업이 너무나 두려웠다.

내 전매특허가 아무리 '뭐 어떻게든 되겠지'라지만, 대학원 수업은 어떻게든 되지 않을 것 같았다. 무안할 게 뻔했다. 한국에서라면 고민거리도 아닐 일이었다. 새로운 사람들을 만나 대화를 이끌어 가는 건 아나운서로 일하면서 수도 없이 해 온 일이었으니까. 하지만 캐나다라는 낯선 나라의 생경한 대학원 강의실에서 내가 뭘 하고 있을지 그림조차 그릴 수가 없었다. 얼마나 부끄러울까, 얼마나 떨릴까, 영어로 무슨 말을 해야 할까. 걱정이 꼬리를 물고 이어졌다. 잔뜩 긴장한 채 교실 구석 어딘가에 앉아 있는 내 모습이 환영처럼 보였다. 한숨이 절로 나왔다. 순간순간 찾아올 부끄러움을 현장에서 즉각 즉각 어떻게 처리해야 할까 걱정됐다.

꽤 오랫동안 겪어 보지 못한 감정이었다. 번듯한 직업 덕분이기도 했고, 나이가 들며 뻔뻔해져서이기도 했다. 언제 마지막으로 무안했는지 혹은 부끄러웠는지 전혀 생각나지 않았다. 10년 넘게 같은 직장에 다니고, 그만큼 나이도 먹다 보면 부끄러울 일이 사실 별로 없다. 일을 좀 그르치더라도 연차가 쌓이면 비난과 충고는 이내 모습을 감춘다. 그 틈을 타 나는 재빨리 정신 승리를 하곤 했다.

개강을 사나흘 앞두고선 감당할 수 없을 정도로 긴장이 몰려왔고 결국 복통이 생겼다. 스트레스를 받을 때마다 등을 펴지 못할 정도로 명치가 아프곤 했는데 역시나였다. 열까지 나는 것 같았다.

그렇게 명치를 붙잡고 있는데 집주인 아저씨가 찾아왔다.

키 작고 인상 좋은 중국인 아저씨였다. 고급 초콜릿을 웰컴 선물로 건네며 환풍기와 온도기, 세탁기 사용법 등 집 전반에 대해 설명하는데 이 아저씨, 영어가 엉망이다. 물론 내 영어도 엉망이었지만 나의 엉망과 그의 엉망은 천지 차이였다. 궁금함을 참지 못하고 캐나다에 산 지 얼마나 되셨느냐고 물어봤다. 30년이 다 되어 간단다. 크게 놀랐고 동시에 안도했다. 캐나다에 30년을 산 아저씨보다 고작 한 달 살아 본 내 영어가 더 그럴싸하다니, 스스로 실력을 너무 낮춰 본 건 아닐까 싶어 용기가 스멀스멀 올라왔다.

꼴등도 해 보겠다던 기세는 어디 가고

첫 수업은 Advanced Labour Theories라는 과목이었다. 생각 같아선 Basic이나 들어야 할 것 같았는데 그런 이름을 단 수업은 없었다. 개강 이틀 전, 코로나 확산으로 첫 수업을 줌으로 진행하겠다는 이메일이 왔다. 절망했다. 구석에서 친구들 뒤통수나 보고 앉아 있으려던 나의 야심 찬 계획이 무너졌다. 모두가 모두의 정면을 보며 앉아 있을 것이었다.

금요일 오전 열한 시 반. 교수님을 포함해 열세 명의 얼굴이 줌에 떴다. 화면에 뜬 동료들의 생김새를 관찰하며 네이티브가 아닐 것 같은 사람부터 찾았다. 나와 함께 어버버할 자가 누구인가. 외모를 근거로 이방인을 찾아내고야 말겠다는 치사한 시도는 꽤나 진지했다. 예상대로 교수님은 자기소개를 시켰고, 예상했기에 잘해야 했지만 예상대로 못했다. 영어 말본새를 보니 유학생은 나 하나뿐이다. 자꾸만 마음속에서 꿀렁대는 그 무엇을 애써 누르고 태연한 척하느라 진땀이 났다. 세 시간 동안 고역을 겪고 수업이 끝나자마자 침대에 누워 버렸다. 한참을 일어나지 못했다. 혹시 나, 학교에서 잘못 뽑은 건 아닐까?

　　못하는 게 당연하지만 당연하다고 해서 부끄럽지 않은 건아니다. 모두가 노동학을 공부하러 온 의젓한 대학원생 같아보이는데 나만 초등학생 같은 기분이 들었다. 지난 10여 년간 시사 방송을 진행하며 켜켜이 쌓아 둔 사유의 깊이와 인생짬밥이 먹히지 않을 것 같았다. 사실 그 사유가 동료들보다더 깊다는 보장도 없다.
　　그러다가 갑자기 한 문장이 떠올랐다. 베개에 얼굴을 파묻고 소리를 질렀다.

　　꼴등도 해 보고!

"꼴등도 해 보고!"라는 말은 캐나다로 오기 석 달 전에 천둥벌거숭이가 한 망언이었다. 그 천둥벌거숭이는 바로 나다. 나의 의지로 오랜 꿈을 이루었다는 사실에 자존감이 하늘 높이 치솟았던 시기, 노동자의 도시 창원에서 근무하는 아나운서가 노동학 전공으로 캐나다 유학을 다녀온다는 소식이 꽤나 참신했는지 한 지역신문 기자분이 요청한 인터뷰에서 망언을 했었다.

"내가 방송 스튜디오 안에서 왜 답답했는지 알게 되겠죠. 이래서 노동이 문제였구나, 반짝반짝 튀는 깨달음이 있을 거예요. 제가 영어를 잘해 봤자 얼마나 잘하겠어요. 무안하고, 절망하고, 부끄러운 일도 있겠죠. 차별을 느끼기도 할 거고요. 아나운서로 살면서 그런 적이 별로 없었어요. 직업, 나이가 있다는 이유만으로 떨리고 무안한 적이 있었나? 부끄러운 적이 있었나? 이미 가진 자가 된 거죠. 그런 감정을 하나하나 다시 느껴 보면 살아 있다고 느끼지 않을까요? 부끄러워해 보자. 꼴등도 해 보고!"

꼴등도 해 보고? 부끄러워해 보자? 진짜 부끄러운 상황에 몰리니까 미칠 것 같은데, 저런 말을 했다는 사실이 정말 부끄러워서 돌아 버릴 것만 같았다. 부끄러움을 가지고 산다는 게 무슨 의미인 줄 아는가. 그것이 일상이 되는 삶을 알기나 한단 말인가. 살면서 지금까지 꼴등은 해 본 적 없다는 잘난 척이자, 그 끄트머리까지 가는 것은 나의 의지를 동반할 때만이 가능하다는 건방짐이 한가득한 인터뷰였다. 무안한 적이 별로 없고 절망한 적도 별로 없다는 선언이었으며 차별도 겪지 않고 살았다는 거만이었다. 차라리 다행인 것은 그렇게 바라던, 부끄럽고 무안하고 절망적이며 꼴등을 하는 일이 앞으로 별 탈 없이 이루어질 것이라는 사실이다. 쪽팔림이 저 멀리서 나를 기다리며 환하게 웃고 있는 게 보였다.

얼른 와! 이번엔 네 차례야!

첫 수업에서 얻은 게 있다면 첫 수업이 끝났다는 사실뿐이다. 더 이상 명치를 부여잡지 않아도 된다. 그렇게 두려웠던 처음이 끝났다는 사실만이 위로가 되었다. 앞으로 2년을 어떻게 버텨야 할지 이불에 얼굴을 파묻고 한참을 있다가, 벌떡 일어나 차 키를 챙겼다.

아이들을 학교에서 데려올 시간이었다.

제가
먼저

해도 될까요?

100일 휴가 나온 군인들의 마음을 이제야 알겠어

아흐레나 되는 긴 추석 연휴를 어찌 보내야 할지 모르겠다며
남편이 훌쩍 비행기를 타고 캐나다로 날아왔다. 이렇게 얼마
안 가 재회할 줄 모르고, 고맙다느니 사랑한다느니 울며불며
인천 공항에서 드라마 한 편을 찍은 지 40여 일 만이었다. 그
러나 400여 일 같은 40일이었다는 그 진부한 표현을 나는 여
기에 꼭 좀 써야겠다.

　이 땅의 군인 아저씨들에게는 참 죄송한 말이지만, 그들
이 100일 휴가를 맞는 기분을 알 것만 같았다. 남편의 방문은
내 나름의 극기 훈련 끝에 맞이하는 휴가였다. 한국을 떠나

캐나다에 오는 비행길도, 그 이후의 코로나 격리 기간도, 빈 집에 살림살이를 다 채워 넣은 일들도 뭐 하나 쉬운 게 없었다. 쉽지 않을 거라고 생각했지만 무엇을 상상하든 그 이상이었다. 등록하고 제출하고 승인받아야 할 일들도 이어졌다. 아이는 팔이 부러졌다. 팔 골절은 벼슬이었다. 아이의 시중을 들며 인내의 시간을 보내다가, 며칠 전 대학원 첫 수업에 들어가선 한 방 맞고 왔다. 턱 밑에서부터 쳐올려 맞은 어퍼컷이었다.

남편을 마중 나가기 위해 해밀턴에서 토론토 공항까지 40분 남짓 고속도로를 달리는 동안 아이들은 신나게 노래를 불렀다. 남편은 이번에도 아이들을 온몸으로 안았다. 모처럼 네 식구가 함께하는 시간, 아이들은 목젖을 보여 줘 가며 깔깔댔고 남편 눈에서는 꿀이 뚝뚝 떨어졌다. 그런데 나는 같은 시각 어정쩡한 우울감과 씨름하고 있었다. 심장이 오리주물럭이 된 기분이었다. 묘하게 자꾸 마음이 물컹물컹했다. 맥주를 들이키다가 눈물을 참느라 냅다 고개를 숙였고, 눈물을 들킬까 봐 남편보다 자꾸 한 발짝 뒤떨어져 걸었다.

결혼 후 유학을 가겠다고 써 내려간 7년이 넘는 서사를 봐도 이 시간들은 마땅히 설레야 했다. 캐나다에 온 지 고작

40일밖에 되지 않았으니까. 그런데 그렇지 않다는 게 문제였다. 매일 밤 아이들이 잠들면 끝도 없이 막연했다. 쌍둥이가 두 돌이 되기까지 매일 밤 느꼈던 기분을 실로 오랜만에 느꼈다.

　진짜 솔직히 이게 뭐냐고. 아, 진짜 이게 뭐냐고!
　뭐 이런 거지 같은 상황이 다 있는 거야?

　울고 싶었다. 하지만 나는 그를 저버리고 오지 않았는가. 결혼이 포기의 또 다른 이름이 되어선 안 된다고 수년을 설득한 끝에 이곳에 오지 않았는가. 그의 눈물을 반석 삼아 이룬 유학이 아닌가. 울 수 없었다. 자격이 없었다. 심지어 꼴등도 해 보겠다고 지역신문에 있는 대로 떠벌리고 오지 않았는가. 빈 수레는 역시나 요란하다.

　엿새는 금방 지나갔다. 남편과 같이 일본 라멘을 사 먹고, 맥주도 마시고, 공원에서 일광욕을 하고 나니 남편이 돌아갈 날이 되었다. 그를 토론토 공항에 내려주고 해밀턴으로 돌아오는 길엔 아이들이 노래를 부르지 않았다.

　그날 이후 나의 밤은 더 깊어졌다. 캐나다의 밤은 고요하다 못해 적막하다. 적막함은 고립감을 가장해 낸다. 바로 옆집에 루크네 식구들이 자고 있다는 사실을 자꾸 떠올리며 잠들곤 했다.

내가 나를 바꿀 순 없을 땐 환경을 바꿔야 한다

첫 수업에서 어퍼컷을 한 방 맞고 나니 도저히 링 위에 올라갈 용기가 나지 않았지만, 다시 수업에 들어갔다. 이번에는 니 킥을 맞을지도 모른다는 겸허함을 가지고 교실로 향했다. 때마침 교수님이 한 학기 동안 진행할 발표 순서를 정하자고 하셨다. 가장 먼저 손을 번쩍 들었다.

Can I go first?

팔을 번쩍 쳐드는 바람에 팔꿈치가 거의 귀에 붙을 뻔했다. 몰입할 뭔가가 필요했다. 도대체 어떤 식으로 발표를 진행하는지, 발표 주제가 무엇인지도 몰랐지만 상관없었다. 남편의 갑작스러운 방문과 또 헤어짐으로 인해 솟구친 헛헛한 마음에서 빨리 벗어나야 했다. 내가 나를 바꿀 수 없을 땐 환경을 바꿔야 한다.

수업 시간에 입 한번 안 떼던 단 한 명의 유학생이 선빵을 날리겠다는 용기가 가상했을까. 다른 한 친구도 발표 순서를 선점하기 위해 손을 번쩍 들었지만 교수님은 내게 먼저 기회를 주셨다.

Okay. Arom will give the first presentation next week!

발표 주제는 프랑스 사회학자 피에르 부르디외의 문화 자본에 관한 것이었다. 그의 논문을 읽고 요약해서 발표한 뒤 토론을 이끌어 갈 질문을 준비해야 했다. 손을 치켜든 그날부터 일주일 동안 부르디외는 부르다가 내가 죽을 이름이었다. 하도 열심히 준비해서 그런지 지금도 머릿속에 각인된, 노가리 한 접시에 생맥주 500cc 한 잔만 있으면 서너 시간은 거뜬히 노가리 깔 수 있는 이야기를 여기에 몇 줄로 간략히 요약해 보겠다.

부르디외는 문화 자본Cultural Capital이 사회에서 개인의 위치를 결정하고 사회적 불평등을 유지하는 데 중요한 역할을 한다고 설명한다. 여기서 말하는 문화 자본이란 교육 수준, 언어 능력, 취향과 습관, 예술적 감각 등 다양한 문화적 요소

들을 포함한다. 쉽게 말해, 경제적으로 부유한 부모 밑에서 자란 학생은 다양한 책과 예술품이 있는 집에서 때마다 공연 관람 등 문화생활을 누리며 성장했을 테고, 높은 확률로 예의 바르고 우아한 언어 습관을 가지고 있을 것이며, 몸에 밴 그러한 태도가 교사의 눈에 들어 결국 좋은 학교에 진학해 더 좋은 일자리를 획득할 가능성이 높아진다는 것이다. 결국 이런 과정을 통해 부모의 사회적 계층이 대물림된다.

어떤가. 노가리 한 접시에 생맥주 한 잔을 공짜로 사 준다고 해도 듣고 싶지 않을 만큼 지루했는가. 지금 나만 재밌단 말인가!

저명한 사회학자의 사회적 불평등 지속 원인에 대한 분석이었지만, 나는 이러나저러나 살면서 거저 얻는 건 없다는 줄만 알라는 말로 이해했다. 고작 고따위로 이해했느냐고 부르디외가 땅 밑에서 노하여 되살아난다고 해도 드릴 말씀이 없다.

교수님은 "Fantastic!"이라는 말로 어버버한 유학생을 추켜세워 주셨다. 기껏해야 배점 5점짜리 발표였지만 만점을 받았다. 용감하고 재빠르게 손을 든 덕분에 허전한 마음을 추스를 수 있었고, 작은 성취감을 맛보았으며, 무엇보다 세상의 모양을 좀 더 정확하게 재단할 수 있는 지식까지 얻었다.

거저 얻은 게 없어서

거저 얻은 건 없다는 사실을 깨달을 때 세상은 새롭게 보인다. 열심히 노력해 스스로 이뤄 냈다는 자존감을 한 손에 쥐되, 그와 동시에 온전히 스스로 이룬 것은 하나도 없다는 진심 어린 겸허함도 다른 한 손에 쥐어야 한다. 그래서 부르디외 님의 발표를 통해 얻은 5점은 어렸을 적부터 엄마가 영어 교육을 시켜 준 덕분에, 아빠가 인생은 씩씩하게 혼자 나아가는 것이라고 가르쳐 준 덕분에, 남편이 직장에서 받는 월급으로 생활비를 부쳐 주는 덕분에 이룬 성취다.

안다. 5점으로 지나치게 꼴값 떠는 거 안다. 쏴리.

캐나다에

장애인이
많은 이유

근사한 나라, 캐나다

영민이 삼촌은 정말 똑똑한 사람이라고 했다. 엄마는 영민이
삼촌을 들먹일 때마다 그렇게 영리하고 박식한 사람이 없다
는 말을 빼먹지 않았다. 그 말 뒤에는 매번 그 삼촌은 다리가
불편한 장애인이라 그 옛날 한국에서는 직장을 구할 수 없었
고, 결국 캐나다로 이민 가서 좋은 직장을 구해 잘 산다는 이
야기가 따라붙었다. 엄마는 영민이 삼촌의 똑똑함에 방점을
찍었지만, 그 얘기를 들을 때마다 나는 장애인이 잘 먹고 잘
산다는 캐나다라는 나라에 방점을 찍었다.

4층에서 근무하던 보도국 김 국장님도 캐나다가 정말 좋

은 나라라고 말씀하셨다. 소설가 성석제 님의 자녀가 장애가 있어 일찍이 캐나다로 이민 갔는데 그곳에서 겪은 에피소드를 바탕으로 책을 냈다며 한번 읽어 보라고 하셨다. 그렇게 근사한 나라가 없다고. 나중에 알게 된 사실이지만 그 이야기는 성석제 님의 동생 성우제 님의 이야기였다.

그저 막연한 남의 얘기라고 여겼지만 캐나다에 도착한 첫날, 토론토 공항에서 지한이 탈진 증상으로 휠체어에 앉았을 때부턴 내 얘기였다. 홍해가 갈라지듯 사람들이 터 준 길을 걸어 나와 줄 맨 앞에 섰을 때, 좋으면서도 민망해서 뒤를 돌아보며 겸연쩍게 "땡큐."라고 말하자 뒷사람이 그저 싱긋 웃었을 때. 그때부턴 내 얘기였다. 오른팔에 한 깁스 때문에 지한이 괴발개발로 쓴 글 바로 밑에, 담임 선생님이 파란 볼펜으로 아이의 글을 알아볼 수 있도록 그대로 다시 써 놓았을 때도 알았다. 캐나다는 근사한 나라였다.

누구나 어디에서든 불편함이 없도록

매주 장을 보러 가는 FORTINOS 마트의 입구는 넓고도 드넓었다. 주한, 지한과 손을 잡고 셋이 걸어 들어가고도 남을 만큼 넓으니 휠체어도 거뜬히 지나갈 것이었다. 건물마다 출입문 앞에 휠체어 그림이 그려진 큼지막한 네모 버튼이 있는 것도 마음에 들었다. 그 버튼을 누르면 문이 자동으로 열리고 한참 동안 닫히지 않는다. 멀리서 거동이 불편한 할머니가 지팡이를 짚고 걸어오는 모습이 보이면 캐나다 사람들은 너나 할 것 없이 그 버튼을 앞서 눌러 주었다. 그 모습을 보고 배운 나도 자주 그 버튼을 누르곤 했다.

장애인을 마주칠 때도 항상 먼저 길을 내주었다. 홍해 갈라짐을 직접 겪어 본 자는 마땅히 그래야 했다. 그럴 때마다 스스로에 대한 자부심이 일었다. 값싼 자부심임을 모르지 않았으나 그래도 좋았다.

동네 어귀를 돌 때마다 보이는 노란 마름모 모양의 DEAF CHILD 표지판도 좋았다. 근처에 청각 장애 어린이가 거주하고 있으니 주변 운전자들은 특별히 주의하라는 의미였다. 그곳을 지날 때마다 항상 좌우를 살폈고 속도를 줄였다. 북극해를 건너온 이방인은 그런 표지판을 난생처음 봤지만, 이 나라를 휘감고 있는 바이브에 동참하고 싶었다. 기분이 좋으니까.

참고로 나는 '북극해를 건너온'이라는 표현을 좋아한다. 이 표현을 써먹을 때마다 이역만리 떨어진 곳에 가서 무언가를 해낸 느낌이 들기 때문이다. 나를 추켜세우는 느낌이 들기 때문에 계속해서 이 책에 사용할 예정이다. 기분이 좋으니까. 그리고 실제로 인천발 토론토행 항공기는 북극해를 넘는다.

그들이 들어가면 우리도 들어갈 수 있어

나와 함께 북극해를 넘어온 아이들은 일상에서 마주하는 이런 장면들이 생경했나 보다. 주말 오후, 아이들과 수영장에서 한참을 놀다 나와 점심으로 쌀국수를 먹으러 가던 차 안에서 지한이 물었다.

엄마, 캐나다엔 왜 이렇게 장애인이 많아요?

아까 수영장에서 놀던 다운증후군 아저씨를 보고 한 말이었다. 그는 쉬지 않고 물장구를 쳤다. 그의 아버지로 추정되는 백발의 할아버지가 그를 멀리서 지켜보고 있었다. 또어디서 장애인을 봤느냐고 아이에게 물었더니 지한의 반에도, 주한의 반에도 각기 다른 어려움을 겪는 아이들이 섞여 있다고 했다. 마트에만 가도 휠체어를 탄 사람들이 많지 않냐고 아이는 되물었다.

지한아, 캐나다에 장애인이 많은 게 아니라 캐나다의 장애인들은 집 밖에 나올 수 있기 때문에 많이 보이는 거야.

대답을 이렇게 해 버리면 수십 개의 질문이 따라붙는다는 건 알았지만, 그 질문에 대해 다 설명해 줄 심산이었다. 그래서 쌀국수에 반미, 스프링롤까지 다 먹도록 우리의 이야기는 끝나지 않았다.

가장 약한 자의 삶에 초점을 맞추는 세상이 얼마나 편한 줄 아니. 그들이 갈 수 있으면 우리도 다 갈 수 있다는 뜻이거든.
그들이 들어가면 우리도 다 들어갈 수 있거든. Fortinos에 우리 셋이 손잡고 들어가고도 남을 법한 그 문 봤지?

나는 아이들에게 지구 반대편에서 생판 다르게 사는 사람들도 우리처럼 별일 없이 산다는 것을 알려 주고 싶었다. 전혀 다른 시스템과 구조 속에서도 세상은 결국 돌아간다는 것을 몸에 익히게 해 주고 싶었다. 사람 사는 게 이렇게나 다르면서 이렇게나 비슷하다고. 이럴 수도 있고, 저럴 수도 있다고. 다른 게 틀린 게 아니라는 것을 직접 보여 주고 싶었다.

그리하여 훗날 오늘의 경험이 선택 앞에서 망설일 때 용기를 줄 것이라고 믿었다. 도전을 앞두고 머뭇거리는 시간을 줄여 줄 것이라고 믿었다. 다 괜찮다고, 보지 않았냐고, 겪지 않았냐고 답할 수 있길 바랐다. 다름과 틀림을 알고 스스로에게도 타인에게도 좀 더 관대해지길 바랐다.

하지만 사실 아이를 향한 이런 바람들은 내가 나에게, 마흔이 다 된 나에게, 도전이 두렵고, 다르면 틀린 것만 같이 여기는 나에게 다시금 들려주고 싶은 이야기이기도 했다.

불안은

세상을
왜곡한다

설렘은 온데간데없이 사라지고

하루는 쏜살같이 지나가는데 시간은 흐르지 않았다. 쉬지 않고 공부하는데 공부량은 줄어들지 않았다. 아이들과 함께 있을 땐 웃었지만, 혼자 있을 때는 웃지 않았다. 캐나다에 온 지 딱 3개월이 지나고 나니 설렘은 온데간데없이 사라졌고, 그 자리는 어제의 불안과 내일에 대한 두려움으로 채워졌다.

깁스를 하고 다녔던 8주 동안 지한은 팔을 벽에 쾅쾅 치고 다녔다. 간지러워서 참을 수 없다고 했다. 깁스를 풀 때까지 다섯 번 정도 병원을 방문했다. 예약을 했음에도 매번 두 시간 가까이 의사를 기다렸다. 하지만 기다림보다 더 힘든 건 병원 데스크 직원들의 고압적이고 불친절한 태도였다. 병원 고객센터에 전화를 한번 할까 하다가 말았다. 이방인은 하려다가 마는 게 많다.

집스를 풀던 날 의사가 물리치료사에게 전하라며 소견서를 건네줬을 때, 나는 그 무서운 여자들에게 다가가 이 종이를 도대체 누구에게 갖다줘야 하는지 물어야 했다. 캐나다의 물리치료 시스템을 전혀 몰랐던 나는 그녀들의 말을 하나도 이해하지 못했지만, 괜히 위축돼서 알아들은 척했다. 이방인은 척할 때도 많다. 나중에 구글 검색을 하고서야 알았다. 한국에서는 병원에 가서 물리치료를 받지만, 캐나다에서는 물리치료사가 자영업자처럼 센터를 운영한다. 마음에 드는 곳에 전화를 걸어 예약하고 치료를 받으면 된다. 물리치료실이 한국처럼 병원 내에 있지 않다.

두 달 가까이 지한이 물리치료를 받는 동안, 나는 매번 옆에 앉아 노트북을 펴고 과제를 했다. 저렇게 굽은 팔이 펴질까 걱정하면서, 과제를 제날짜에 낼 수 있을지 걱정하면서, 한숨을 쉬면서, 오늘 저녁 찬거리를 걱정하면서, 내일 도시락 메뉴를 생각하면서.

캐나다에 오자마자 아마존에서 구입한 로봇청소기는 한 달 만에 고장이 났다. 청소기 대신 빗자루로 집을 청소하고 살았다. 환불을 받든, 새 상품을 받든, 아니면 수리를 하든, 뭐라도 해야 했지만 그대로 두었다. 콜센터에 전화하는 시간이 아까웠다. 캐나다에서는 콜센터 직원과 통화하려면 전화기를 붙잡고 최소한 30분은 기다려야 한다. 로봇청소기에 그만큼 쓸 에너지가 없었다.

대학원 수업은 어려웠다. 등수를 매기진 않았지만 누가 봐도 나는 꼴등이었다. 동료들은 일주일 만에 이 모든 논문을 정말 읽을 수 있는 걸까. 언어의 장벽 때문에 버거운 건지, 아니면 캐나다 친구들에게도 이 정도 공부량은 버거운 건지 궁금했다. 공부로 사람을 조질 수도 있는 거였다. 배움에 대한 갈증은 한 학기 만에 사라졌다.

비보호 좌회전 타이밍을 잘 몰라서 저지른 실수 때문에 백인 할머니가 본인 차 앞 유리에 얼굴이 닿도록 노발대발 화를 내며 노려봤을 때는 핸들 위로 눈물이 툭 떨어졌고, 스타벅스에서 피스타치오 라떼를 시켰는데 말차 라떼가 나왔을 땐 피식 웃고 말았다. 피스타치오와 말차의 발음이 조금이라도 비슷한 데가 있단 말인가.

내키지 않지만 받아들여야 했다

하루는 아이들을 데리러 학교에 갔더니 방과 후 돌봄교실 선생님이 주한이 오늘 친구들에게 화를 냈다고 알려 주었다. 집에 와서 아이에게 자초지종을 들어 보니 별일이 아니었다. 아이들끼리 정한 규칙대로 축구 게임을 하는데 한 친구가 반칙을 했고, 그 규칙을 모르는 선생님이 반칙은 없었다며 자기편을 들어주지 않았다고 했다.

다음 날 선생님을 마주쳤을 때 아이가 한 말을 전했다. 그런 시시껄렁한 일이 있었다는 뉘앙스로. 그런데 그녀는 단호하게 반칙은 없었고, 주한이 그냥 화를 낸 것이라고 했다. 모든 경기를 지켜보았다고 그녀는 반복해서 말했다.

I was there from the start to the end. I saw everything.

"아, 그랬나요? 확인 한번 해 보죠, 뭐."라고 할 줄 알았다. 그런데 선생님은 처음부터 끝까지 다 지켜봤다며 점점 언성을 높였다. "저 혹시 그럼 지금 주한이 거짓말을 한다는 건가요? 왜 제 말을 다른 친구들에게 확인해 보지 않으시죠?" 세상에 처음부터 끝까지 다 보는 사람이 어디 있느냐고 내 목소리도 덩달아 커졌다. 그러다가 내 입에서 신 드립이 나왔다.

Are you God? How do you know everything?

고작 생각해 낸 말이 "네가 신이니? 네가 신이야?"라니. 그 말을 들은 선생님은 뭐 이런 여자가 다 있느냐는 표정으로 나를 쳐다봤다. 집으로 오자마자 그녀에게 항의 이메일을 보냈다. 팩트 체크도 해 봐야겠지만 접근 방식이 더 문제라는 말도 덧붙였다. 이틀 뒤 그녀의 상시와 미팅 약속을 잡았다.

선생님이 혹시나 색안경을 쓰고 내 아이를 바라보는 게 아닐까 걱정되었고, 차별을 당하는 건 아닐지 불안하기도 했다. 아이의 부족한 영어 실력이 오해를 불러일으킨 것인지도 궁금했다. 굳이 상사까지 만날 일은 아닐지도 모르겠다고 생각했지만 몸짓과 눈빛에 무시가 배어 있던 병원 데스크 여직원들이 떠올랐고, 또 백인 할머니의 매서운 눈매도 떠올랐다. 나까지는 괜찮지만, 아이만은 보호하고 싶었다.

닷새간 내 이메일에 답장하지 않던 선생님은 공교롭게도 내가 그녀의 상사를 만나러 집을 나서는 순간, 미안하다고 이메일을 보내왔다. 아이들에게 확인해 보니 그런 규칙이 있었다고, 우리 대화에 오해가 있었던 것 같다고 적혀 있었다. 아이들을 더 이상 돌봄교실에 보내고 싶지 않았다. 하지만 방법이 없었다. 아이들이 최대한 늦게 하교해야 내가 대학원 수업에 갈 수 있었다. 내키지 않는 이 상황을 모두가 그냥 받아들이기로 했다. 아이들에게 미안했다.

크고 작은 물음표들 사이에 둘러싸였다

여전히 나는 모른다. 아이가 친구들과 만들었다는 그들만의 축구 규칙이 정말 그날 적용됐던 건지. 아니, 그 규칙이 실제 존재하긴 하는지. 그 선생님에게 어떤 의도가 있었던 건지, 그저 자신의 목격담을 반복해서 알린 건지 여전히 알지 못한다. 일주일에 열 개가 넘는 논문을 읽어 내는 게 캐나다 동료들에겐 버거운 일이 아닌지, 엉뚱한 타이밍에 좌회전을 하는 게 이 나라에선 그 정도로 화낼 일인지. 수만 분의 일의 확률로 청소기 불량품이 나오는데 하필 내가 당첨되었던 건지, 피스타치오 라떼를 시켰는데 하필 그날 너무 바빠 정신없던 스타벅스 직원이 말차 라떼를 만들어 온 건지 나는 모른다. 내 생각과 판단이 옳지 않을 수도 있다. 불안하고 조급하고 두려웠던 내가 세상을 왜곡했을 수도 있다.

그런데 그게 문제였다. 알 수 없는 일들이 너무 많았고 그 래서 알아내고 싶은 일들이 많았다. 오해인가? 무시인가? 차 별인가? 열등감인가? 답을 찾느라 지쳐 있었다. 내 머리통 주 변에는 크고 작은 물음표들이 항상 둥둥 떠다녔다. 그 물음 표들은 어떤 날엔 느낌표로 바뀌었다가 또다시 물음표가 되 기도 했다. 아무도 건드리지 않았음에도 자존감은 사라졌고, 모두가 건드렸기에 그것은 지나치게 비대해졌다.

이상했다. 유학은 근사해야 하는데, 적어도 이 유학만큼 은 근사해야 하는데. 밤이 되어도 잠이 오지 않았다. 과제는 끝도 없이 쏟아졌다.

이 거지 같은 냉장고 같으니라고!

그러다가 냉장고 문에 머리를 박았다. 그날도 마트에 다녀온 날이었다. 음식을 정리하다가 각진 냉장고 손잡이에 머리를 세게 박았다. 이 거지 같은 냉장고, 진짜!!!! 두개골이 깨질 듯한 통증에 머리를 감싸안고 주저앉았다. 너무 아파서 바닥에 얼굴을 파묻고 한참을 울었다. 울고 싶었는데 뺨 맞은 이 기회를 놓칠 수 없었다.

애 둘 데리고 캐나다로 나 홀로 유학 간다고 했을 때 뜯어 말리던 친구들이 떠올랐다. 나더러 스스로 가시밭길을 걸어 간다고 했었지. 남들 눈에는 잘만 보이는 일들이 왜 나에겐 매번 보이지 않는 걸까. 불안한 마음에 내가 자꾸 세상을 뒤 틀어서 보는 걸까. 도전은 이렇게나 고달픈 걸까. 나는 해낼 수 있을까. 나의 조급함에 내가 잡아먹힌 걸까. 수많은 물음 표에 짓눌린 채 한참을 울었다.

자아가 조각나는 경험을 반복하는 유학이었다. 교수님이 갑자기 질문을 던지면 내가 그 질문의 의도를 정확히 이해한 것이 맞는지 흔들렸고, 그에 대해 대답할 때도 동료들이 알아듣도록 영어를 제대로 구사했는지 확신할 수 없었다.

못한다는 생각, 또 못할 것이라는 생각, 과제를 어떻게 내느냐는 걱정, 발표 걱정 등 수많은 걱정이 꼬리를 물었다. 끊임없이 스스로를 의심했고, 다시 스스로 위로해야 했다. 그렇게 조각난 자아를 매일 밤 엉성하게 이어 붙이고는 잠들었다.

무너져도 그 자리에, 고독해도 그 자리에, 도망가고 싶어도 그 자리에, 어둑한 밤 칼바람에 옷깃을 여미며 집으로 돌아가 낯익으면서도 낯선 냄새를 맡으며 또 그 자리에, 기어코 다시 그 자리에 앉아 노트북을 여는 것.

유학이란 그런 것이었다.

다시
돌아갈 걸

알고
있었다

가장 약한 순간, 성장하고 있는 거야

장장 120일간의 여정을 여기서 마무리해야겠다는 생각이 들었다. 한국으로 돌아가야겠다고 벼락같이 결심했다. 냉장고 문에 머리를 박고 한바탕 울고 나니 정신이 들었다.

오자마자 아이 팔이 부러질 줄 몰랐잖아. 아무래도 학교가 실수로 나를 합격시켜 준 것 같잖아. 솔직히 포기하고 싶은데 포기할 용기도 없어서 버틴 거잖아.

사흘 뒤에 한국으로 가는 항공편을 예매하고 아이들 학교에 장기 결석을 알리는 이메일을 보냈다. 어차피 열흘 뒤쯤 겨울방학이었기에 아무도 신경 쓰지 않을 터였다. 트렁크를 꺼내 겨울옷을 던져 넣었다. 너희와 함께하는 크리스마스를 기대했다며 루크는 눈물을 글썽였다.

인천 공항 입국장에 들어서니 남편이 카키색 코트를 입고 서 있었다. 안 그래도 몰골이 말이 아닌데 도망 왔다는 자격지심 때문인지 몸도 마음도 더 초라했다. 남편은 우리를 보고 반가운 마음에 활짝 웃었지만 카키색 코트를 입고 멋을 부린 그가 마음에 들지 않았다.

한국 집에 들어간 그 길로 열흘 가까이 집 밖에 나가지 않았다. 치킨과 떡볶이와 짜장면, 순대볶음을 배달시켜 먹었다. 남편은 휴가를 내고 아이들과 시간을 보냈다. 닷새 전만 해도 닷새 뒤 한국에서 순대볶음을 먹고 있을 줄은 꿈에도 몰랐다. 탱탱한 순대는 맛있었고 순대 껍질은 쫄깃했다. 순대를 씹으면서 문득문득 내가 이대로 증발해 버렸으면 좋겠다는 마음이 드는 것만 빼면 괜찮았다.

파이널 과제를 시작했다. 기한이 열흘 정도 남아 있었다. 한 학기 내내 죽을 둥 살 둥 달려왔는데 배점이 50%나 되는 파이널 과제를 내지 않는 바보 같은 짓은 하기 싫었다.

나는 도망을 가장하고 있었다. 그러지 않았다면 한국으로 도망까지 와서 파이널 과제를 하고 있을 리가 없다. 바보같은 짓은 하고 싶지 않다는 방금 전 그 말도 거짓말이다. 구태여 입 밖으로 이야기를 꺼내지 않았을 뿐 가족 모두가 알고 있었다. 나는 돌아갈 것이었다. 도망 왔다고 말하면서 돌아간다는 걸 알고 있었고, 돌아간다는 걸 알면서 돌아가지 않을 방법을 궁리했다. 돌아가지 않을 방법을 애써 찾으면서도 결국엔 돌아가리라는 것도 알았다. 내가 나를 속이고, 나를 속인 내가 다시 나를 속이고 있었다.

파이널 과제를 제출하고 나서는 침대에 누워 일어나지 않았다. 유일하게 일어날 때는 배달 음식이 왔을 때뿐이었다. 수시로 몸에 열이 올랐고 잠은 자도 자도 쏟아졌다. 엄지손가락으로 영상을 넘기며 무의미한 쇼츠 수만 개를 시청했다. 오른쪽으로 누웠더니, 왼쪽 눈에 고인 눈물이 코를 타고 넘어가 오른쪽 눈을 거쳐 베개에 스며들었다. 그러다가 베개가 너무 축축해지면 몸을 반대쪽으로 돌렸다. 이번엔 오른쪽 눈에 고인 눈물이 또 코를 지나 왼쪽 눈을 통과해 베개로 스며들었다.

침대에 누워 스스로를 두들겨 팼다. 도대체 유학을 왜 갔느냐고, 패기도 좋다고, 노동 좋아하고 앉아 있다고, 꿈을 못 이루면 뭐 당장 죽는 거였느냐고 내가 나를 비웃었다. 쇼츠에서는 사람들이 춤을 췄고, 풍선을 터뜨렸고, 피자를 구웠다. 나는 또 반대로 몸을 뉘었다.

그날도 쉬지 않고 엄지손가락으로 화면을 넘기고 있는데, 남자 다섯이 앉아 수다 떠는 영상이 하나 떴다. 모든 쇼츠가 무의미한 건 아니었다. 왼쪽 한 귀퉁이에 앉아 있던 뇌 과학자가 말했다.

"갑각류는 뼈가 없어요. 바깥 껍질이 단단해요. 그런데 재밌는 게 그렇게 단단하면 어떻게 커요? 허물을 벗어요. 그래서 허물을 벗고 나오는데 아무리 힘이 세던 왕가재, 뭐 게라도 자기 허물을 벗고 나오는 순간은 말랑말랑해서 상처받기 가장 쉬운 순간이에요. 그런데 저는 재밌다고 생각한 게, 내가 성장할 수 있는 순간은 내가 오직 가장 약해지는, 상처가 될 수 있고 약해지는 그 순간이에요. 죽을 것 같고 잡아먹힐 것 같고 그냥 당장이라도 너무 약해서 그냥 스치기만 해도 상처받을 것 같은 순간들이… 우리는 크고 있는 거잖아요."

시간을 살면서 그 시간의 이름을 안다면 얼마나 좋을까. 배움이라고, 행복이라고, 때로는 패배이며 또 어떤 때는 사랑이라고. 아, 그래, 청춘도. 지금 이 시간의 이름은 청춘이라고, 누군가 알려 주었다면 얼마나 좋았을까. 그랬다면 그토록 헤매지 않았을 텐데.

굳이 12,000km를 날아와 창원의 한 아파트 방에서 얼굴을 돌려가며 베갯잇을 적시는 내가 가여웠는지 우주가 시간의 이름을 알려 주었다. 이 시간의 이름은 성장이었다. 나는 성장 중이었다. 허물을 벗고 나와 말랑말랑한 상태로 새로운 껍데기가 돋아나는 시간을 버티는 중이었다. 그걸 모르고 잡아먹히는 줄로만 알았다. 죽을 것만 같아 울며 도망쳤다.

시간의 이름을 알고 나니 명료해졌다. 돌아가야겠다고 결심했다. 돌아갈 줄 알았으면서 이제야 정해진 듯 또 나는 나를 속였다.

이 정도면 그만해도 될 텐데 남편과 나는 인천 공항 출국장에서 또 부둥켜안고 울었다. 또 고맙다고 인사를 건넸다.

이런 나와 살아 주는 게 고마웠다. 캐리어는 단출하게 두 개였고, 그 안에는 질 좋은 한국산 면양말과 내복이 가득 담겨 있었다.

다시 북극해를 건너 집으로 돌아오니 기다렸다는 듯 루크가 우리 집 문을 두드린다. "해피 뉴 이어!"라고 해맑게 외치더니 곧바로 혹시 너희 집 마당 한가운데에 회색 토끼가 죽어 있는 사실을 아느냐고 묻는다. 아, 현실이다. 토끼 사체는 어떻게 치우는지 모른다만 치워야지. 죽은 토끼도 해결해야 하는 고단한 캐나다의 삶이 다시 시작됐다.

모든
시간은 결국
서로
만난다

그래도
해 본 놈이

더 낫다더니

사람은 계획을 세우고 신은 웃는다

한국에 다녀와서는 모두 캐나다 생활에 빠르게 적응해 나갔다. 겨울 학기가 시작되었고 우리는 단벌 신사마냥 매일 제일 따뜻한 점퍼를 입고 각자 학교에 다녔다. 한국에 있는 가족들은 시간이 날 때마다 온라인으로 아이들과 화상 미팅을 했다. 한 시간이라도 나에게 쉬는 시간을 주기 위한 배려였다. 지구 반대편에서 보낸 마음들이 좋았다. 모두가 이대로만 지내길, 안 그래도 힘든 유학 생활이 더 이상 별 탈 없길 바라 마지않았다. 액땜도 할 만큼 했다고들 했다.

하지만 아니었다. 2월 3일 오후 두 시, 아이들 학교에서 전화가 왔다. 지한이 체육 시간에 다쳤다고 했다. 당장 학교로 와야 한다고 했다. 높고 넓어 모든 말이 메아리칠 듯한 체육관 한가운데에 아이가 누워 있었다. 우리는 또 그 병원으로 갔다. 그래도 해 본 놈이 좀 더 낫다고 모든 과정이 익숙했다. 아니, 굳이 이번만큼은 해 본 놈이고 싶지 않았다. 여하튼 지한의 팔은 또 부러졌고, 'bad'라는 표현이 또 여러 번 나왔고 또 철심을 박는 수술을 받았다.

사람은 계획을 세우고 신은 웃는다고 했던가. 그래, 인생은 원래 계획대로 되지 않는다. 계획엔 변수와 복병이 가득하다. 아이 둘을 데리고 한국을 떠날 때는 팔 골절 따위를 두 번이나 겪으리라고 생각하지 못했다. 작년 여름 개고생의 추억을 안겨 줬던 그 병원에서 개고생을 반복할 줄 몰랐다. 이렇게나 많이 울고 있을 줄 몰랐다. 신이시여, 웃고 계십니까, 지금.

그래도 해 본 놈이 뭐라도 좀 안다고 수술이 끝난 지한을 집으로 데려가니 저번처럼 서글프지도, 당황스럽지도 않았다. 냉장고에 먹다 남은 크루아상이 있길래 따뜻한 커피를 내려 딸기잼에 찍어 먹었다.

아픈 아이에게 뭐라도 먹여야 할 것 같아 소고깃국으로

불러도 무방할 미역국을 끓이고선 한국에 있는 엄마에게 전
화를 걸었다. 애 팔이 또 부러졌다고.

어머나, 지한이 걔는 얼마나 크게 되려고 그런다니?

역시 엄마답다.

아니, 엄마. 그러면 나는 얼마나 크게 되려고 이렇게 빡
센 유학을 하는 거야?

역시 그 엄마에 그 딸이다.

이렇게까지 공부해야 하는 이유가 뭘까

창밖을 보니 하늘에서 떨어진 눈이 차마 땅에 닿지를 못한
다. 바람이 심해 허공에서 눈송이들이 뱅글뱅글 돈다. 내 정
신머리도 허공에서 빙글빙글 돌고 있다. 마음을 단단히 먹고
삶의 밝은 면을 보려 했으나 순간순간 울컥하는 건 어쩔 수
없었다. 팔이야 부러질 수도 있고, 캐나다에서 부러질 수도
있고, 엄마 혼자 애 둘을 데리고 유학 온 상황에서도 부러질

수 있다. 아니다, 없다.

왜 부러졌을까. 어떻게 두 번이나 부러질 수 있을까. 어떻게 두 번이나 수술을 할 수 있을까. 저 아이는 잘 클 수 있을까. 이렇게까지 학위를 따야 하는 이유는 뭘까.

다시 엄마에게 전화를 걸었다. 따질 심산이었다. "아, 엄마가 저번에 액땜 다 했다며!"라고 진짜 유치하게 따질 생각이었다. 세상이 해도 해도 너무한다고 청춘 드라마에나 나올 법한 세상 원망도 한판 할 작정이었다. 유치해도 좀 해대야겠다.

엄마는 듣기만 하셨다. 대꾸가 별로 없던 엄마와 싱거운 통화를 끝내고 소파에 벌러덩 누워 맥주를 따는데 전화가 울렸다. 아빠였다.

아롬아, 아빠가 캐나다 갈까?

아빠는 늘

씩씩하게
걸으라고 하셨다

소매에서 손 빼고 걸어

아빠는 늘 내게 씩씩하라고 하셨다. 시험을 망치고 온 날에
도 아빠는 씩씩하게 계속 공부하라고 말씀하셨고, 전교 회장
선거에서 낙선했을 때도 씩씩하게 학교에 마저 잘 다니라고
하셨다. 겨울엔 특히 더 씩씩해야 했다.

이아롬, 소매 안에 손 숨기지 마. 추워도 손 빼고 씩씩
하게 걸어.

겨울바람에 빨갛게 언 아이의 손은 늘 외투 바깥으로 나
와 있었다. 주머니에도, 소매 속에도 숨을 수 없었다. 주머니

에 손을 넣고 걷다가 넘어지면 크게 다친다는 게 이유였다. 한없이 인자한 얼굴로 아빠는 한없는 씩씩함을 노래했다.

아빠는 전화 통화가 끝나고 닷새 만에 캐나다에 오셨다. 코로나를 뚫고 북극해를 건너오셨다. 아빠 얼굴엔 피곤한 기색이 역력했지만, 코로나로 비행기가 텅텅 비어서 좌석 네 개를 차지하고 누워서 오셨다며 비즈니스석이 따로 없었다고 좋아하셨다. 당신 딸이 느낄 미안함을 덜어 주려는 배려였다.

저녁 식사를 끝내자 아빠는 한국에서부터 챙겨 온 앞치마와 고무장갑을 꺼내셨다. "아이, 아빠는 쉬어. 내가 설거지할게."라고 말할 법도 하건만, 나는 그냥 지켜보았다. 아빠가 나를 위해 설거지하는 모습에 위로를 받고 싶어서. 캐나다에서 나를 위해 무언가를 해 주는 이는 처음이다.

다음 날 아침부턴 혹독한 인수인계가 진행되었다. 캐나다의 초등학교는 식사 시간이 두 번이어서 과일과 샌드위치, 혹은 볶음밥과 과일 조합으로 싸야 한다고, 도시락 가방에 티슈도 잊지 말고 넣으라고 신신당부를 이어 갔다. 겨울에 등교할 때는 아이들이 스키 바지를 입고 나가야 하고, 반드시 부츠를 신어야 한다고도 알려 드렸다. 이렇게 중무장을 하고 나가 길에서 서성이면 노란 스쿨버스가 와서 아이들을 태우고 간다는 말에 아빠는 애들이 춥겠다며 걱정하셨다. 그럼 명실상부 캐나단데 오죽하겠어요, 아버지.

마트에서 장을 보면서는, 캐셔들은 아무 생각 없이 물건을 담기 때문에 아빠가 직접 담는 게 낫다고 잔소리를 이어갔다. 캐나다에서는 비보호 좌회전이 제일 어려운데 방어 운전이 최고라고, 아이들을 픽업하러 가서는 선생님을 찾아가 보호자가 왔음을 알려야 한다고 설명했다.

아이들의 영어 이름은 Dylan, Jayce, 알겠죠? 신분증도 꼭 챙겨 가라고요. 아빠, 스노우 브러시는 트렁크에 항상 있어요. 마당에 눈 치우고 나선 꼭 그 굵은소금 같은 거 뿌려 놔야 해.

누가 보면 한 계절 정도 머무르는 줄 알겠지만 아빠는 20여 일 뒤에 한국에 돌아가실 예정이었다. 그래도 상관없었다. 단 며칠이라도 해방되고 싶었다. "공부가 제일 쉬웠어요." 같은 망언이 나올 법한 지금의 일상에서 조금이라도 벗어나길 바랐다. 덕분에 홀가분한 이틀을 보냈을 때쯤, 설거지를 하던 아빠가 대뜸 그러셨다.

이아롬, 여기 와서 보니 엄청 씩씩하네!

죽도 맛있어

생각해 보니, 삶이 장면마다 아빠의 응원이 있었다. 씩씩하라던 그 말들이 내 삶의 모습을 결정지었다. 혼란스러웠던 청춘의 어느 날 아빠는 내게 무소의 뿔처럼 혼자서 가라고 하셨고, 육아에 지쳐 어깨를 들썩이며 울던 내 등에 대고는 씩씩하게 키워 내라고 다독이셨다. "해 봐. 가 봐. 씩씩하게 가." 숱하게 들은 그 말들이 나를 이곳으로 보냈다.

아빠, 나는 사실 수업 시간에 많으면 두세 번 정도 말하거든? 그런데 캐나다 애들은 다 말 못 해서 죽은 귀신이 붙었는지 서로 손 들고 난리도 아니야. 근데 웃긴 게 뭔지 알아? 나 겨우 용기 내서 손 들고 말하는 건데, 그것도 한참 생각하고 말하는 건데도 매번 죽을 쒀. 말하다가 길을 잃어. 웃기지? 하하하하하.

죽이라도 쑤는 게 어디야. 죽도 맛있어.

아빠, 나 방금 과제 제출했어. 아, 진짜 겨우겨우 했다. 점수는 잘 안 나올 거 같아. 에효, 모르겠다.

제출한 것만으로도 됐어. 했으면 됐어. 아빠가 여기 와서 보니까 그냥 제출만 해도 잘하는 거야.

아빠, 애들 너무 천진난만하지. 근데 쟤네 성적이 뭐 그렇게 좋지는 않아. 그래도 아무 말 안 해, 나는. 여기서 학교 다니는 게 어디야.

주한, 지한이 엄청 기특한 거야. 타국에서 뭐든 적응하고 받아들이려고 엄청 노력하고 있을 거라고. 네 눈에 보이지는 않겠지만 아이들이 지금 엄청 성장하고 있어.

아빠가 캐나다에 오셨던 그 학기, 나는 유학 생활을 통틀어 처음이자 마지막으로 A+를 하나 받았다. 과제는 제출만 해도 훌륭하고, 죽도 맛있다는 아빠 말씀 덕분이었다.

부모의 말은 이렇게 아이의 삶을 결정짓는다. 그 아이가 마흔이라도 상관없다.

축배를

들어라

못 먹어도 고

원래 자빠지면 눕고 싶다. 프렘지 교수님의 수업을 학기 중간에 드랍(취소)하기 위한 핑계는 충분했다. 팔이 부러진 지한을 돌보느라 중간 과제는 건드리지도 못했고, 부랴부랴 아빠가 캐나다로 오셨을 땐 과제 마감 기한이 불과 일주일밖에 남지 않았었다. 이레 안에 작문 과제를 해낼 순 없다. 아니, 하면 또 어떻게든 해낼 수는 있겠지만 괴발개발 수준을 벗어날 수 없을 것이다.

당장 중간 과제를 시작해도 모자랄 판에 사흘을 고민하고 앉아 있었다. 아니, 팔 부러져서 수술까지 받은 아이의 엄마가 뭐 수업 하나 드랍하는 데 그렇게 엄청난 타당성이 필요해? 더군다나 드랍하면 여유가 생기니 멀리 캐나다까지 온 아빠랑 시간을 더 많이 보낼 수도 있잖아. 대신 다음 학기에 좀 더 고생하면 되지. 자빠진 김에 눕고 싶은 마음보다 강렬한 충동은 없다.

사흘을 고민하고 나니 나흘이 남아 있었다. 고민 끝에 그냥 하기로 했다. 잘하려고 유학 온 거 아니고 배우려고 온 거니까. 못 먹어도 고!

중간 과제는 캐나다의 노동 현안 중 한 기지 주제를 자유롭게 선정해 일반 대중에게 그 사안을 자세히 알리는 블로그 글을 작성하는 일이었다. 교수님은 학문적 글과 대중적 글의 차이를 설명하면서 양쪽 글을 모두 잘 써내는 게 학자의 일이라고 하셨다.

머리를 굴려 보니 넘어야 할 산이 세 개다. 첫째, 나는 캐나다의 노동 현안을 모른다. 둘째, 교수님이 아무리 자세히 설명해 주신다고 해도 영어로 쓰는 대중적 글이 어떤 느낌인지 모르겠다. 셋째, 시간이 절대적으로 부족하다.

전략이 필요하다

힘껏 머리를 굴렸다. 지금은 정공법이 통하지 않는다. 전략이 필요했다.

　아!

　고등학교 2학년 때가 떠올랐다. 학교 국어 선생님의 권유와 추천으로 갑자기 학교 대표가 되어 시에서 주최한 논술대회에 나간 적이 있었다. 선생님은 스무 권에 달하는 도서 목록을 보여 주며, 이 책을 바탕으로 논술 주제가 나올 테니 시간 나는 대로 다 읽어 보라고 하셨다. 기억은 잘 안 나지만 그 목록에는 도스토옙스키의 《죄와 벌》, 공지영의 《봉순이 언니》가 있었다.

　god 오빠들이 언제 컴백하는지가 가장 중요했던 열여섯 고등학생은 그 책들을 읽을 의지도, 여유도 없었다. 대회 이틀 전에 야후코리아에서 스무 권의 책 줄거리를 검색해 스윽 읽고 갔을 뿐이다. 혼자 버스를 타고 대회장에 온 학생은 나 혼자인 듯했다. 선생님이나 부모님과 함께 온 부산시 200여 명의 고등학생들은 학교를 대표하는 이들답게 참 단정했다. 손에는 저마다 수십 장의 프린트물을 들고 있었는데, 힐 끗 보니 서론 서술 방식, 효율적인 주장 전개 같은 말들이 적혀 있었다. 저게 뭐야? 내심 쫄았다.

상황을 보아하니 별생각 없이 온 사람은 나뿐이었다. 쓸 말이 전혀 없겠다 싶었던 나는 그래도 가장 늦게까지 자리에 앉아 있음으로써 좀 있어 보이기로 했다. 그런데 웬걸, 쓸 말이 너무 많아서 진짜 가장 늦게까지 자리에 앉아 있었다. 당시 논술 대회치고 파격적인 주제가 출제됐다. 도서 목록에 있던 스무 권의 책 중 하나를 골라 그 시대상을 비판하는 글을 쓰되 김수영의 시를 반드시 포함하란다. 심지어 형식은 자유.

자유라고? 그래서 편지를 썼다. god 윤계상 오빠에게 편지를 쓰는 마음으로 구구절절 봉순이 언니에게 글을 썼다. 바람보다 빨리 누워도 바람보다 빨리 일어나면 된다고 김수영의 시를 인용하며 진심을 전했더랬다. 그 진심이 통했던 걸까. 수상자 명단에 내 이름이 들어가 있었다. 장려상이었다.

그래서 그때로부터 22년 후, 캐나다 어느 이층집 구석에서 짜낸 전략이 무엇이었냐고? 그때의 장려상 수상작처럼 정공법이 아니라 살짝 뒤틀어서 딴소리를 쓰기로 했다. 나만 쓸 수 있는 글을 써 보자!

캐나다 현안을 다루어야 했지만 한국 노동 현안에 대해 쓸 예정이었다. 한국 얘기라면 자신 있었다. 15년 뉴스 경력을 발판 삼아 자신 있게 치고 나가는 거야. 과제는 기세야! 하지만 글의 도입은 캐나다 이야기로 시작함으로써 교수님의 가이드라인을 어기지 않도록 한다. 캐나다 요즘 이렇다며? 근데 그거 한국도 그래. 이후 한국에 대한 자세한 설명으로 글자 수를 채우고, 그래서 결국 묘안은 없는 걸까? 요런 느낌으로 마무리하면 되겠지. 우선 아카데믹 방식으로 글을 쓰고, 나중에 학교 튜터랑 같이 지지고 볶으며 대중적인 느낌으로, 그런 느낌적인 느낌으로 바꾸면 되겠지 뭐.

캐나다 공영방송인 CBC 기사부터 뒤졌다. 반나절 정도의 검색 끝에 온타리오주의 한 공사장에서 발생한 산재사망사고 기사를 찾을 수 있었다. 그 기사를 바탕으로 관련 논문을 또 검색했다. 한국에서는 매일 일터에서 여섯 명이 죽고, 캐나다에서는 네 명이 죽는다고 했다. 파면 팔수록 경악할 수준의 산재사망 데이터가 나왔다. 글감이 넘쳐나 신났지만 이게 신날 일이 아닌 것 같아 차분하게 과제에 임했다. 노동학 공부는 매번 양가감정을 느끼게 한다.

나흘은 눈 깜짝할 새에 지나갔다. 의자에만 앉아 있으면 고관절부터 무릎까지 근육이 저린다는 걸 알게 되었다. 제출 전날, 학교에서 무료로 지원하는 작문 튜터를 만나 계획대로 지지고 볶으며 블로그 글 느낌을 냈다. 느낌만.

94,000점 같은 94점

과제를 제출하고 2주가 지났을 때쯤 휴대폰에 알림이 떴다. 점수가 나왔다는 메시지였다. 94점이었다. 순간, 84점인 줄 알았다. 94점일 리가 없으니까. 교수님께선 한국과 캐나다의 비교 수치가 정확했으며 주제가 흥미로웠다고 코멘트를 달아 주셨다.

나는 매번 writing에서 83점을 받는 학생이다. 각기 다른 수업인데도 매번 writing 점수가 83점이 나오기에, 모르긴 몰라도 대학원 과제 최저 점수가 83점 언저리로 정해져 있을 것이라고 혼자 추측하고 있었다.

축배가 필요했다. 차를 몰고 LCBO에 들어가 50달러짜리 아마로네 토마시 와인을 샀다. 억지 춘향도 아니고 억지 부장을 했던 시절, 억지로 갔던 국장님 집들이에서 처음 마셔 본 와인이다. 마시자마자 눈이 동그래져 국장님 집들이가 갑자기 마음에 들었던 그 와인이다.

오늘 축배의 제목은 기특함이다. 기특하다. 이 와중에 포기하지 않았으니 잘했다. 이 와중에 정신 차리고 전략을 짠 것도 잘했다. 또 그 와중에 94점을 받았으니 잘했다. 이렇게 나아가다 보면 정말 논문을 쓸 수 있을지도 몰라, 어머.

곳곳에 선물 상자가 숨겨져 있어

슈퍼마리오가 피치 공주를 구하러 가는 여정에는 곳곳에 아이템이 담긴 물음표 상자가 놓여 있다. 정신없이 점프하고 앞으로 굴렀다가 주먹으로 적들을 물리치고 나아가는 길에 고난만 있지는 않다. 세상의 게임은 대부분 대동소이하다. 고난의 길엔 반드시 아이템이 숨겨져 있다.

우리 일상도 마찬가지가 아닐까. 쇼펜하우어의 말처럼 인간의 삶은 근본적으로 고통스럽다지만 분명 선물 상자도 곳곳에 숨어 있다. 그래서 어쩌다 선물 상자를 마주할 때면 축배를 들고 기분 내며 살아야 한다. 와인 한 병을 마시기 위한 핑계가 길었다.

94점 가지고 또 오바하는 거 안다. 그런데 말이지. 40년 정도 살아 보니까 스스로를 낮추고 뒤로 숨을 일은 넘쳐나는데 스스로를 기특하게 여길 일은 참 없더란 말이지. 나이 들수록 잘한 일도 잘할 일도 없고, 뭐 그렇게 대단한 일들이 없더란 말이지. 그래서 난 작은 일도 크게 칭찬하고 산다. 기쁜 일은 더 크게 기뻐한다. 웃을 일이 있으면 그냥 한 번 더 웃는다.

그래서 이아롬, 잘해쓰! 아아주 잘해쓰!

우리 집에 팔이
여섯 갠데

세 개가
부러졌어

학교에서 또 전화가 왔다

사실 아이의 팔이 한 번 더 부러졌다. 세 번째 사고의 주인공
은 지한이 아니라 주한이었다. 지한의 팔이 두 번째로 부러
진 지 정확히 2주일이 되던 날에 사달이 났다. 학교에서 또
전화가 왔다. 아이가 평균대 걷기를 하다가 바닥으로 떨어져
넘어졌다고 했다. 평균대 높이는 30cm, 주변에는 안전 매트
가 깔려 있었다. 그렇다. 사고는 나려면 어떻게든 난다.

　　보름달 뜬 언덕에서 하늘을 향해 마구 울부짖는 늑대를
본 적이 있는가. 그 늑대처럼 어디 가서 실컷 소리라도 지르
고 오고 싶었다. 아우! 아우!!!!! 아우~~~!

주한과 함께 앰뷸런스를 타고, 다시는 가고 싶지 않았던 그 병원으로 향했다. 캐나다 구급대원들은 아픈데도 불구하고 잘 참아내는 너는 'good boy'며 'hero'라고 있는 대로 주한을 추켜세웠다. 하지만 그 시각 나는 울부짖고 싶었다. 어떻게 애들 팔이 세 번이나 부러진단 말인가. 단전 밑에서부터 힘을 끌어올려 허공에다가 짖고 싶었다. 그래서 그러기로 했다.

어어어어엉흑. 크큭. 킁. 흑흑. 아우~~.

다친 아이는 오히려 차분한데, 아이의 엄마가 미친 듯이 우니 구급대원들이 크게 당황하기 시작했다.

Mom, Everything will be fine. Are you okay?

어어. 크흑. 킁. 엉엉. 아유. 아흐흐흐후후.

"너 같으면 오케이 하겠니? 어? 너 같으면 지금 이 상황에 오케이 해?"라고 차마 내뱉지는 못하고 그냥 울었다. 코를 풀어 가며, 흐느끼며, 엉엉 울었다.

병원에 도착해선 제발 수술만은 하지 않게 해 달라고 눈을 꼭 감고 기도했다. 간절함이 통했던 걸까. 결과는 단순 골절이었다. 캐나다에 와서 처음으로 바라는 일이 이뤄졌다. 허허.

엄마, 너무 잘됐어요! 그냥 부러지기만 한 거예요. 수술 안 해도 되고, 정말 다행이에요.

주한은 부러진 팔을 잡고 활짝 웃었다. 깁스를 감아 주는 간호사에게는 우리 집에 쌍둥이가 있는데, 그 아이도 팔에 깁스를 하고 있다며 자랑스럽게 쓰잘데기없는 정보를 발설했고, 그 아이의 팔 깁스는 초록색이니 자기는 파란색으로 감아 달라고 요청했다. 나는 병원에 있는 내내 별다른 말을 하지 않았다.

집에 돌아오니 밤 열 시였다. 지한과 주한은 초록 팔과 파란 팔을 크로스하며 무적의 쌍둥이가 되었다고 신이 났다. 지칠 대로 지친 나는 아빠가 차려 놓은 카레덮밥을 흡입했다. 지금 아빠가 캐나다에 계셔서 얼마나 다행인지 모른다. 팔에 깁스를 한 애가 둘이나 있는 집에서 누가 어떻게 공부를 하겠니. 감사할 상황이었다. 그래, 어떻게든 감사는 할 수 있어. 아우! 아우~~~!

엄마는 너마저 큰 인물이 되고 싶었냐며 주한에게 큰 인물 드립을 치셨다.

지나간 시간의 이름은 내가 정한다

집에 팔이 여섯 갠데 세 개가 부러지는 바람에 내 유학 생활은 훨씬 다층적이고 입체적인 이야기로 재구성되었다. 단순히 아이 둘 데리고 캐나다로 유학 간 엄마 이야기가 아니라, 세 번의 팔 골절을 겪고도 이이 둘과 유학을 포기하지 않고 개고생하며 석사모를 머리에 얹은 집념의 드라마로 각색되었다. 멋지다. 꽤 마음에 든다.

그뿐인가. 부상 덕분에 학교 교장선생님, 구급대원, 간호사, 의사, 행정 직원, 물리치료사, 보험사 직원, 약사 등을 만나며 캐나다라는 나라를 더 깊고 넓게 체험했다. 자연스럽게 내 나라와 비교하며 무엇이 좋고 무엇이 별로였는지 분석했다. 세상을 바라보는 지평이 무지하게 넓어졌다.

감사한 점은 또 있다. 지금도 여전히 우리는 그때 일을 이야기하며 웃는다. 울거나 짜증 내는 사람은 더 이상 없다. 아마 일혼이 되어도 나는 마흔이 된 주한, 지한 팔을 만지며 웃을 것이다. 으이그, 으이그 그러면서.

사고 자체에는 아무런 힘이 없다. 지나간 시간은 얼마든지 새로운 해석으로 재구성할 수 있다. 거기에는 옳고 그름도 없다. 내 마음대로 해석해 그럴싸한 말들을 덧붙이면 된다. 과거에 대한 이름표는 내가 붙인다. 얼마나 좋은가. 심지어 붙여 둔 이름표를 떼고 새로 붙여도 된다. 세월이 흘러 경험치가 쌓이면 과거에 대한 해석이 자연스럽게 달라지기 마련이니까. 그렇게 이름표가 붙은 지난 시간들이 캐비넷에 차곡차곡 쌓이다 보면 알게 된다.

인생에 버릴 경험이 없구나.

얻었다는 건 잃기도 했다는 뜻이고, 잃었다는 건 얻기도 했다는 뜻이니까. 그런 의미에서 세 번이나 팔이 부러진 나의 아들들에게 감사의 마음을 전한다. 너희들 덕분에 엄마는 진정 깊어지고 넓어졌단다.

아우! 아우~~~!

모두가

질문왕

왜 이렇게 질문을 많이 할까

이 정도면 단체로 말 못 해서 죽은 귀신이 붙은 게 틀림없다. 혹은 모두가 집에서 면벽수행을 하다 왔거나. 지난주에도, 오늘도, (틀림없이 다음 주에도) 대학원 동료들이 너나 할 것 없이 수업 시간에 손을 든다. 질문이 있고 할 말이 있단다. 발언권을 얻기 위해 아주 조용히 오른손을 살짝 올리는데 그 몸짓이 어찌나 고요하고 재빠르며 동시다발적인지, 가 본 적도 없는 노량진 수산시장 새벽 경매가 떠오른다. 가리비, 오늘 kg당 14,000원.

교수님이 아예 대놓고 "Any concerns? questions?" 하

고 질문 있는 사람이 없느냐고 물어보면 더 난리가 난다. 특히 어맨다라는 저 아이. 쟤는 오늘도 집에서 묵언수행을 하다가 수업에 온 게 분명하다. 그러지 않고서야 저렇게 말이 많을 수는 없다. 세 시간 동안 손 한 번 들면 다행인 외국인 유학생 신분인 나로서는 저런 어맨다가 마음에 들지 않는다, 그냥.

코로나 확산 때문에 가끔 온라인으로 수업이 진행될 때는 더 볼만했다. 교수님이 "Any final thoughts?"라고 묻자, 직사각형 안에 갇힌 얼굴들 아래로 손바닥 모양의 이모티콘이 다다다다다! 뜨기 시작했다. 가리비를 kg당 반드시 14,000원에 가져가겠다는 그들의 의지에 감탄이 절로 나왔다. 와, 이 정도면 진짜 말 못 해서 죽은 귀신이 붙은 거 확실하지? 그 교실에서 제일 쭈글이였던 나는 괜히 비아냥거리고 싶다.

하지만 양이 질을 보장하지는 않는다. 동료들의 질문이나 의견은 종종 어이가 없을 정도로 형편없다. 저걸 굳이 왜 묻는지, 아니 정말 몰라서 그 정도 수준의 질문을 하는지 되묻고 싶은 심정이다. 심지어 어떤 때는 순전히 자기 feeling을 말하는 학생도 있다. "Oh! It reminds me of my personal experience…."라며 개인적인 서글픔, 우울감, 고독감에 관해 이야기하기도 한다.

방금 서글프다고 말했던 그 아이보다 지금 이 강의실에서 누구보다 서글프고 우울하고 고독해 보일 나는, 입도 뻥긋 안 했다간 정말 그렇게 보일 것만 같아 집에서 미리 준비해 온 질문을 또박또박 읽어 내려간다. 지금 읽고 있는 질문이 토론의 흐름에 부합하는지 아닌지는 상관없다. 준비해 왔으니 할 일을 할 뿐이다. 나도 목소리가 있다는 걸 그들도 알 필요가 있다.

하지만 교수님은 맥락 없이 훅 들어오는 내 질문에, 그러니까 덜컹거리며 한번 자빠졌다가 급속하게 안드로메다로 갔다가 다시 우리은하로 겨우 돌아올 법한 수준의 질문에 매번 경이로운 리액션을 보여 주신다.

Oh! Great question! Good point!

심지어 "That's brilliant."라고 말씀하신 적도 있다. 한국에서 40년 가까이 살며 나이를 어디 거꾸로 먹지 않은 나는 다행히도 그 칭찬을 쉬 믿지 않는다. 사회 초년병 시절, 김 부장님은 정말 속물이라고 자주 뒷담화하던 동료가 하루는 김 부장님이 매고 온 연두색 넥타이를 칭찬하며, 부장님이 봄을 사무실에 데려왔다고 말했을 때부터였다. 그 넥타이는 시들어 가는 대파 끝단에서나 볼 법한, 오던 봄도 되돌아가겠다 싶은 색이었다. 그때부터 나는 칭찬을 잘 믿지 않는다.

저희 엄마는 언제 데리러 오나요?

대학원생 동료들은 그래도 양반이었다. 봄방학을 맞아 아이들이 닷새간 스포츠 캠프에 참여했을 때다. 일찍 데리러 가는 바람에 수업 장면을 잠깐 지켜볼 수 있었다. 다 같이 질문 이어 가기 게임이라도 하는 걸까. 선생님이 "질문 있는 사람?" 하고 물어보니 아이들이 너나 할 것 없이 손을 들었다. "지금 물 마셔도 돼요?" "저희 엄마는 언제 데리러 와요?" "저 내일도 여기 오나요?" 심지어 어떤 아이는 "저희 집 개, 오늘 제가 산책시켜요!"라고 말했다. 진짜다.

선생님의 답변을 대충 복기해 보면 다음과 같다.

지금 물 마셔도 되나요?

오, 정말 좋은 질문이구나. 물은 중요하지. 특히 오늘처럼 스포츠 캠프에도 참여했을 때는 말이야. 언제든 마시렴.

저희 엄마는 언제 데리러 오나요?

오! 그 질문도 아주 중요하지! 캠프를 마치려면 아직 7분이 남았네. 7분만 더 기다려 보자! 그때도 안 오시면 선생님이 전화해 볼게.

저 내일도 여기 오나요?

그건 선생님이 잘 모르겠네. 근데 선생님은 내일도 너랑 놀고 싶어. 내일도 네가 오면 좋겠다.

저희 집 개, 오늘 제가 산책시켜요!

와! 정말 어매이징하다. 우리 집에도 개가 있는데 오늘은 내 시스터가 산책시키기로 했어. 너희 집 개 이름은 뭐니?

바로 깨달았다. 우리 맥마스터 대학교 노동학 대학원생 친구들에게는 말을 못 해서 죽은 귀신이 붙지 않았다. 당연히 면벽수행이나 묵언수행도 한 적이 없다. 그들은 그저 이렇게, 지금 내 눈앞에 펼쳐진 모습처럼 아주 어렸을 적부터 모든 질문이 수용되는 환경에서 자랐을 뿐이다. 이 아이들은 "저희 집 개, 오늘 제가 산책시켜요!"라고 말하면 수업과 상관없는 이야기는 하지 말라는 대답을 들은 적이 없었던 것이다. 그렇기에 성인이 되어 대학원생 수업에 들어와 너나 할 것 없이 손을 들고 질문할 수 있었겠지. 그들의 질문은 항상 굿 포인트였고, 그레이트 퀘스천이었으니까.

Please let me know if you have any questions!

그러고 보니 캐나다는 질문을 기다리는 나라였다. 이메일 마지막엔 "어떤 질문이든 걱정이든 알려 주세요! 제가 도와 드릴게요!"라고 적혀 있는 일이 비일비재했다. 논문 지도교수님이 내게 보낸 이메일 답장에도 매번 저 문장이 적혀 있었다.

슈퍼마켓에서 물건을 반품할 때도 직원이 "나중에 어떤 질문이 생기면 여기로 오세요. 당신을 도와드리는 건 제 기쁨입니다."라고 말했다. 물론 안다. 나를 도와주는 게 왜 그의 기쁨이겠는가. 그가 살면서 그렇게 기쁠 일이 없겠는가. 그 말이 자본주의 응대 방식이라는 사실을 모르지 않으나, 말뿐이라도 당신의 질문을 기다리고 있기에 기쁘게 대답하겠다는 말이 만발하는 세상은 사람을 편안하게 만든다.

그 편안함은 마흔 줄의 이 아줌마조차도 바꾸기 시작했다. 교수님 말이 점점 믿어지는 게 아닌가. 고작 이 따위 질문밖에 생각하지 못하나 싶어 자책하며 던진 질문들이 어쩌면 정말 그레이트하고 굿 포인트이며 브릴리언트할 수도 있겠다는 자신감이 생기더라, 이 말이다. 그래서 나는 가리비를 kg당 14,000원에 가져가기 위해 누구보다 먼저 손을 들기도 했고, 또 어떤 날은 "It reminds me of my personal experience."라며 갑자기 8년 전 바다 건너 동아시아 땅덩어리 어딘가에서 느꼈던 육아 휴직의 쓸쓸함을 고백하기도 했다. 이제 막 학부를 졸업하여 동아시아의 문화를, 심지어 육아의 세계를 알지도 못할 캐나다 젊은이들 앞에서 말이다.

질문은 무언가가 궁금해서 발현되는 행동이 아니었다. 질문은 내 궁금증이 언제나, 누구에게나 수용될 것이라는 믿음에서 시작되는 행위였다. 무슨 말을 하든 수용되고 존중받을 것이라는 확고한 믿음이 있어야 손을 들게 된다. 질문이 우리의 지식을 확장하고 비판적 사고를 증진하며 창의성 개발에 유익하다는 말은 이제 말해 봤자 입만 아플 뿐이다. 질문만 하면 눈을 피하는 우리에게 필요한 건 우리 모두의 헛소리는 존중받아 마땅하다는 믿음이 아닐까.

그래서 어떤 질문이든 수용되는 우리 집에선 아이가 오늘도 요따위 질문을 한다.

엄마, 똥구멍을 묶어 버리면 사람이 죽어요?

내 리액션은 정해져 있다.

Oh! That's a brilliant question!
응, 죽어.

돌고
돌아

찾아왔다

다 할머니 덕분이야

외할머니는 내 결혼식 날 돌아가셨다. 9월의 첫날, 내 결혼식 장에서 드신 스테이크가 할머니 인생의 마지막 식사였다. 할머니는 나를 참 많이 예뻐하셨다. 결혼식 날에도 나를 보며 참 곱다고 하셨다. 나는 할머니만 생각하면 마음이 아린다.

애써 마음에 묻어 두고 살았던 할머니를 다시 만난 건 뜻밖에도 캐나다에서였다. 지난번 지한의 팔이 부러지는 바람에 연락이 닿은 복선이 할머니가 부활절을 맞아 우리 셋을 저녁 식사에 초대해 주신 자리에서였다. 그 식사 자리에는 지금 다시 따져 봐도 여전히 7촌인지 8촌인지 모를 친척들이 와 계셨다. 그 옛날에 캐나다로 이민 간 어르신들이다. 우리 엄마가 좋아하는 영민이 삼촌도 만났다.

어르신들은 하나같이 따뜻하셨다. 얼마 전까지만 해도 서로의 존재 여부조차 모르고 살았지만, 그날로 우리는 가족이 되었다. 피는 진했다. 그분들은 한국에 사는 친척 어른들의 이름을 하나하나 읊으며 안부를 물으셨다. 한국에 대한 칭찬도 이어졌다. 지금의 위상은 상상도 할 수 없는 나라였다며 K-pop과 K-beauty의 인기가 캐나다에서도 대단하다고 대화를 나누다가, 이야기는 이내 내가 세상에 태어나기도 전으로 거슬러 올라갔다.

너희 할머니인 최정봉 여사가 그 옛날에 김치를 담가 가지고는 온 집에 다 돌렸어, 얘. 우리가 전쟁 때 갑자기 피난 오는 바람에 다 힘들었는데 너희 할머니는 매번 베풀었어. 그때는 한국이 워낙 가난하니까 길에서 사람들이 구걸도 많이 했단 말이야. 그런데 구걸하는 거지 말투가 이북 말씨면 집에 데려가서 꼭 밥을 해 먹였어. 실향민들한테 그렇게 베푼 거야. 지난번에 또 언제냐, 88 올림픽 때. 그때 우리가 한국에 나갔을 때도 너희 할머니가 우리를 다 재워 주고, 뭐 캐나다 돌아갈 때 이것저것 다 싸 주고. 너희 할머니 같은 사람 없어. 얼마나

착하신 분인지. 아이고, 얘기하니까 보고 싶다, 얘.

어르신들은 할머니가 내 결혼식 당일에 돌아가셨다는 사실은 모르는 것 같았다. 나도 굳이 말하지 않았다. 굳이 말하지 않는 내 마음이 죄책감이라는 걸 나는 알았다.

애, 그래서 진짜 내가 항상 고마운 마음을 갖고 있었는데, 네가 왔다니까 잘해 줘야지 싶더라고. 물론 뭐 네가 이번에 캐나다에 유학 안 왔으면 우리가 평생 만나기나 했겠니? 그런데 최정봉 할머니 손녀가 왔다니까… 내가 너희 할머니 생각이 나서…. 아유, 갈비찜 좀 더 먹어라.

사람들은 받은 걸 더 잘 기억한다

그날 저녁 집으로 돌아와 한국에 있는 엄마에게 전화를 걸었다. 엄마의 엄마 이야기를 하면서 갈비찜이 얼마나 맛있었는 줄 아느냐고, 애들이 잡채 한 그릇을 다 비웠다고, 그분들이 나를 가족처럼 여겼다고, 그게 다 엄마의 엄마 덕분이라고 전하다가, 그런데 그 엄마의 엄마가 내 결혼식 날 돌아가셨다고 울었다. 알 수 없는 굴레의 이야기를 뱅뱅 돌며 울었다.

베풂은 기어코 돌고 돈다. 사람들은 준 것만 기억한다지만 그렇지 않다. 사람들은 받은 것도 잘만 기억한다. 기회가 되면 신세를 갚겠다고 기대하며 기다리며 사는 이들도 많다.

나는 살면서 좋은 이를 만나면 이 인연이 누군가의 덕일까 생각한다. 좋은 일이 일어나면 나도 모르게 예전의 내가 뭘 베푼 적이 있었나 되돌아본다. 밑진 것 같을 때도 믿는다. 지금은 베풀고 양보할 타이밍일 뿐이라고. 그것들은 돌고 돌아 언젠가 기어코 찾아온다고. 이보다 더 정확한 과학은 없다고.

최정봉 할머니께

할머니, 난 결혼하고 바로 아들 쌍둥이를 낳았어. 육아가 그렇게 힘든 건지 몰랐어. 그런데 왜 할머니랑 엄마는 한 번도 애 키우는 게 힘들었다고 말한 적이 없었을까. 그게 항상 궁금해. 나는 숱한 밤을 눈물로 지새웠는데.

할머니, 나는 서른여덟이 되어 애 다 데리고 캐나다로 유학을 왔어. 아, 캐나다가 아니고 카나단가? 할머니는 맨날 카나다, 카나다 그랬잖아. 할머니가 살아 계셨다면 아마 나한테 잘했다고, 장하다고 그랬겠지?

나는 결혼식 이후로 죄책감을 안고 살아. 부산에서 결혼하는 바람에 할머니가 그날 서울에서 부산까지 내려왔잖아. 그날 할머니가 너무 무리하는 바람에 돌아가신 건 아닐까 마음이 늘 무거워. 미안해, 할머니. 그날이 마지막인 줄 알았으면 할머니 한 번 더 안을걸. 그날이 마지막인 줄 알았으면 할머니한테 그동안 너무 고마웠다고 말할걸.

할머니 입관식 때 아빠가 그랬잖아. 장모님 덕분에 이 여자랑

결혼하고 그래서 주헌이, 아름이도 세상에 나왔다고. 고맙다고. 할머니, 나도 고마워. 할머니가 이 세상에 살아 준 덕분에 내가 태어났고, 그래서 너무 예쁜 주한이, 지한이를 낳았어. 그 꼬맹이들 데리고 이렇게 유학도 왔어.

그런데 할머니, 나 또 고마운 게 있어. 나, 엄청 멋있고 용기 있는 여성인 양, 꿈을 이루겠다고 카나다까지 애 둘 데리고 유학을 왔는데 사실 그동안 너무 힘들었어. 애들 뒷바라지하면서 공부하는 게 너무 힘들기도 하고 외롭기도 하고 자꾸 눈물도 나고… 고달팠어.

그런데 오늘 내가 여기 와서 복선이 할머니를 만났는데, 하나같이 할머니 칭찬을 하더라. 식사 시간 내내 내가 태어나기도 전에 있었던 할머니 이야기를 듣는데 너무 좋았어. 할머니가 그렇게 착했대. 음식도 매번 나눠 주고 거둬 줬대. 베풀기만 했대. 그러면서 나한테 그 은혜를 갚을 길이 있어 좋다고까지 말씀하셨어. 내가 카나다까지 와서 하늘나라에 있는 할머니 덕을 볼 줄은 꿈에도 몰랐네. 오늘 오랜만에 한국 음식을 원 없이 먹었는데 집에 돌아갈 때 또 잡채랑 엘에이갈비랑 이것저것 다 싸 주셨어. 무슨 일이든 돕겠다고 언제든 연락하라셔.

다 할머니 덕분이야. 할머니가 반세기 전에 베푼 일들이 50년이 지나 북극해를 건너 나에게로 돌아왔어. 그때의 할머니는 몰랐겠지. 할머니 셋째 딸의 막내딸이 대신 감사 인사를 받을 줄을. 그

것도 카나다에서. 나는 한 것도 없이 대접받았어.

　할머니, 세상은 정말 그런가 봐. 엄마가 나에게 늘 그랬거든. 하나라도 더 주라고. 그냥 베풀라고. 아까워하지 말라고. 모든 건 결국 돌고 돌아서 온다고. 그 말이 진짜 맞나 봐. 오늘 내가 목격했잖아. 맞네, 베푼 건 기어코 돌고 돌아오고야 마네. 할머니는 지금 이 이야기가 황당할까. 아니다, 눈물 훔치며 좋아하겠다. 돌아옴을 기대하며 베푼 게 아니었겠지만, 카나다에서 고군분투하는 막내 손녀가 어찌 됐든 좋았다니 그걸로 다 됐다고 좋아하겠다. 할머니는 땅에 묻혀서도 나를 도와. 고마워. 그냥 다 고마워.

　그리고 미안해.

안될 놈도

되게 만드는
칭찬의 힘

스물여덟 가지 버전의 'Good job'

늦잠을 잔 아이들이 윗도리만 외출복으로 갈아입고 양치도
하지 않은 채 노트북 모니터 앞에 앉았다. 코로나 확산으로
약 일주일 동안 온라인으로 수업을 진행한다고 한다. 올겨울
들어 이미 아이들은 여러 번 학교에 가지 않았다. 이 나라는
눈이 좀 왔다 싶으면, 바람이 좀 분다 싶으면 휴교를 한다. 안
그래도 공부하느라 허덕이는데 아이들이 학교까지 안 간다
니 짜증이 났다. 갑작스럽게 틀어진 일상이 못마땅하다.

또 삼시 세 끼 차리며 지지고 볶는 날들이 시작됐다. 일주
일 뒤 나는 또다시 간장 오징어볶음처럼 절여질 것이다. 짜

겠지, 많이.

쌍둥이를 각자 다른 방에 앉혀 놓고 방문을 닫고 나와 곧장 문에 귀를 갖다 붙였다. 아이들 학교생활이 궁금했다. 뭐만 물어보면 늘 별일 없다는 그 말이 정말인지 확인해 볼 참이었다.

선생님의 활기찬 굿모닝 인사가 들렸다. 첫 수업은 수학이다. 원뿔, 직육면체, 정육면체의 특징에 대해 열띤 강의가 이어진다. 애들이 과연 cylinder, cuboid 같은 단어를 알아듣고 있으려나. 이놈들, 그동안 들리는 게 없어서 평온하고 별 탈 없었던 거 아녀? 추측은 점점 확신으로 굳어 갔다. 어째 30분이 지나도록 주한, 지한의 목소리가 한 번도 들리지 않았다. 적극적으로 수업에 참여하는 다른 친구들의 귀여운 목소리는 들리는데, 요놈들은 발표도, 질문도 하지 않는다. 평소 교실에서도 이렇게 소극적으로 앉아 있는 걸까? 이럴 때 또 촉이 겁나 예민해진다.

수업을 계속 듣다 보니 캐나다 초등학생이나 우리 대학원생들이나 별반 다르지 않다는 생각이 든다. 여기나 거기나 질문은 많은데 양이 질을 보장하지 못한다. 하지만 담임 선생님은 예상대로 칭찬 일색이다. 놀랍지는 않다. 이 나라 사람들의 활기차고 긍정적인 리액션은 이미 겪을 만큼 겪었으니까. 그런데 엿들으면 엿들을수록 담임 선생님의 칭찬 기술에 감탄이 절로 나왔다. 어느 캐나다인과 견줄 수준이 아니었다. 게임으로 치면 만렙, 운동으로 치면 국대, 고스톱으로 치면 타짜…는 아니겠지요. 여하튼 난리 블루스가 따로 없었다. 아이들이 입을 떼기만 해도 선생님은 잘했다고, 또 잘했다고 칭찬을 이어 갔다. 캐나다 임용고시에는 '칭찬' 과목이 따로 있는 걸까.

급하게 종이를 가져와 선생님의 칭찬을 한번 받아 적어 봤다.

Perfect. That's brilliant. Good job. That's it. Way to go. Nice. You are a quick learner. That's fantastic. Unbelievable. That's impressive. You are a genius. You are so smart. Excellent! Terrific! You did it! I like that! That's my favorite! Great Question! You got it! Nice try. Beautiful. Well done. I'm proud of you. That's incredible. You rock. I love your ideas. Awesome. That's amazing.

이 정도 칭찬 세례면 안될 놈도 되지 않을까. 될 놈은 더 잘되지 않을까. 대충 적었는데도 스물여덟 가지다. 선생님의 칭찬 기술에 얼이 빠져 있는데 마침 쉬는 시간이 되었는지 주한이 방문을 열고 나왔다. 뇌를 많이 썼다며 단것 좀 먹어야겠단다. 아이가 부엌에서 젤리를 찾는 사이에 재빨리 모니터 화면을 살펴봤다.

이 좌아식, 수업 시간에 같은 반 친구들이랑 따로 채팅 중이어쓰. 원뿔의 성질은 나만 배운 거여쓰.

너는 한 마리의 새 같아

곰곰 생각해 보니 몇 주 전에도 비슷한 느낌을 받은 적이 있다. 안될 놈도 되게 만들 수준의 칭찬을 들었다. 아이들의 스케이트 강습이 끝난 뒤 언제나 그랬듯 칭찬을 퍼붓고 짐을 싸서 나서는데, 지한이 웬일로 칭찬을 더 해 달라고 했다.

왜, 지한아? 엄마한테 뭐가 서운했어? 칭찬이 모자랐어?

엄마, 쟤는 아직도 칭찬받잖아요.

아이는 손가락으로 스케이트 링크 구석 벤치에 앉아 있는 한 모녀를 가리켰다. 강습이 끝난 지 거의 10분이 다 되었건만 그 엄마의 칭찬은 아직도 끝나지 않은 것이었다! 와, 이건 인정.

I'm so proud of you. When you skate like this, it was as graceful as a bird! I loved watching it. What a beautiful girl! Amazing! Blah Blah~.

딸아이의 눈동자에서 빛이 났다. 기분이 좋아 죽겠는지 양 볼을 광대까지 한껏 치켜올리고 웃고 있었다. 더 자랑하고 싶은 말이 있는지 입술도 오물오물했다.

저 엄마에게 지지 않으리라. 다시 지한, 주한을 바라봤다.

엄마는 말이야. 귀찮은 마음이 있었음에도 수업에 빠지지 않고 온 너희들을 또 칭찬하고 싶어. 사실 산다는 건 귀찮은 일투성이거든. 그런데 왔잖아. 이게 당연한 일 같아도 대단한 일이야. 기특해, 아들들.
이러다가 너희들 콧구멍이 두 개인 것도 칭찬하겠다, 야.

칭찬 한마디면 두 달을 살 수 있어

나는 잘한다고 하면 더 잘하고 싶었던 아이였다. 성장했다는 소리를 들으면 당장이라도 두 배 더 자라고 싶어 안달이 났었다. 나를 키운 건 8할이 바람이 아니라 칭찬이었다. 비판과 비아냥은 나를 반 발짝도 이끌어 내지 못했다. 물론 살면서 콧구멍이 두 개라고 칭찬받은 적은 없지만, 내가 자라며 들이마시고 내뱉었던 공기 속에는 항상 아빠의 격려와 엄마의 응원이 배어 있었다.

그렇게 자연스럽게 칭찬의 힘을 보고 배웠기에 다시 내 아이도 칭찬으로 키운다는 나름의 자부심까지 있었건만, 캐나다에 오니 번데기 앞에서 주름잡은 꼴이 따로 없다. 아니, 어떻게 10분이나 칭찬을 하느냐고요. 걔가 김연아냐고요.

그래도 여기서 또 하나 배워 가는 건 결국 사람을 이끌어 내는 건 칭찬뿐이라는 당연하고도 자명한 사실이다. 칭찬과 격려는 사람을 상상치도 못한 지점에 도달하게 한다. 누군가의 칭찬 한마디에 삶이 바뀌었다는 이들이 괜히 많은 게 아니다. 칭찬 앞엔 장사도 없다. 제아무리 비관적인 사람이라도 어쩌다 한 번 받은 칭찬을 잊지 못해 소처럼 되새김질하며 살아간다.

소설가 마크 트웨인은 두 달 동안 되새김질했다고 한다.

I can live for two months on a good compliment.
나는 칭찬 한마디로 두 달을 살아갈 수 있어요.

그가 실제로 한 말이다. 이 말대로라면 여섯 번의 칭찬으로 1년을 살아갈 수 있다는 계산이 나온다. 600번의 칭찬이면 100년을 살아갈 수 있다. 그래서 나는 아이들이 내 품을 떠나기 전까지 족히 600번 넘게 칭찬해 줄 작정이다. 그 옛날 부모님이 내게 해 주셨던 칭찬을 지금까지도 야금야금 갉아 먹으며 살 듯, 우리 아이들에게도 평생 되새김질할 충분한 여물을 먹여 놓고 싶다.

칭찬도 지나치거나, 혹 잘못하면 역효과가 난다는 이야기도 있지만 그러한 걱정은 아주 나중에 해도 늦지 않다. 왜냐, 혹시 당신은 한국인인가? 나는 한글로 글을 썼고, 당신은 지금 그 글을 읽고 있으니 한국인이라고 간주하겠다. 그렇다면 다시 강조하고 싶다. 한국인인 우리가 칭찬에 인색하다는 사실을 인정하자. 그리고 서로를 칭찬하며 살아가도록 하자.

그래도 혹여나 칭찬이 독이 될까 봐 걱정된다면, 그런 걱정은 붙들어 매시라. 밥 먹듯 칭찬하는 사람들만 모아 놓은 캐나다라는 나라가 있는데 모두들 잘만 살고 있다. 그리고 그들은 우리보다 훨씬 자주 웃고 산다.

모든 것은 다

지금 여기에
있다

노동에는 미래가 없잖아요

긴 침묵은 무언가 잘못되었다는 뜻이다. 내 질문에 답하는 사람이 아무도 없다. Bodies at Work 수업 마지막 시간 마지막 발표 주자로 나서 한 시간짜리 토론을 이끌어 가는 중이었다. 이미 한 달 전부터 고심하여 꽤 괜찮은 토론 주제를 선정해 왔는데 아무도 참여하지 않는다. 진땀이 났다.

말 못 해 죽은 귀신이 붙은 것마냥 그렇게 말 많던 동료들이 마침 다 같이 수업 직전에 퇴마사라도 만나고 온 걸까. 원망스럽다. 어색한 침묵을 메우기 위해 이말 저말을 내뱉어 보지만 소용없다. 그러다가 불쑥 엉뚱한 말을 해 버렸다.

노동에는 미래가 없잖아요.

언다필실. 말이 많으면 반드시 실수한다고 했던가. 그런데 강의실에 앉아 있는 동료들이 크게 웃었다. 실언을 했다는 건 직감으로 알았지만, 그래도 침묵을 깨고 호응을 얻었다는 사실에 자신감 있게 말을 이어 나갔다. 발표 주제와 전혀 상관없는 내용이었다.

제가 여기 노동학 전공으로 유학 와서 아쉬운 건요. 바뀌는 건 없고 또 세상이 쉽게 바뀌지도 않을 거 같은데 암울한 이야기나 비판만 계속하는 거 같거든요. 노동학은 다른 학문이랑 다르지 않나요? 영어영문학이나 물리학이랑은 다르잖아요. 순수하게 학문만 공부한다고 되는 게 아니잖아요. 저는 책임감을 느끼는걸요. 여기 앉아서 이야기만 하면 뭐 하나요? 해결책을 만들고 행동해야 하잖아요. 그런데 우리만 봐도, 여기에 앉아서 탁상공론만 하는 우리만 봐도 노동에는 미래가 없는 거 같아요.

내 단점 중 하나는 시키지도 않은 진실게임을 혼자, 그것도 자주 한다는 것이다.

엉뚱한 말이었지만 노동학 공부를 하는 내내 품고 있던 마음이긴 했다. 비겁한 사람들은 다 학교에 있다고 생각했다. 여기엔 부조리함을 겪어 본 이들이 없다. 이 강의실에 앉아 있는 열두 명 중엔 불법 이민자도 없고, 방글라데시에서 밤새 바느질하는 봉제 노동자도 없으니까. 돌봄 노동자도, 장애인도, 과로사하기 직전까지 노동을 해 본 이도 없으니까. 우리는 약속된 시간에 만나 약속된 분노를 하고 헤어진다. 그래서 우리의 분노는 매번 세련됐다. 남의 일을 논할 땐 누구나 격식을 차릴 수 있기 마련이다. 무엇이 바뀔까.

강의실은 아까보다 더 고요해졌다. 등에서 식은땀이 흘렀다. 그러고 보니, 참 요상한 말을 하긴 했다. 수학 교수님 앞에서 "수학에는 미래가 없잖아요!"라고 외치는 학생을 본 적이 있는가. 피아노 레슨을 받던 학생이 교수님에게 "클래식 음악엔 미래가 없다고요!"라고 말하는 장면을 상상해 보라. 본의 아니게 학생들 앞에서 교수님을 정면으로 공격해 버렸다. 물론 그럴 의지도, 능력도 내게는 없다. 하지만 무식하면 용감하니까 용감했을 뿐이다. 아니, 무식했을 뿐인가?

이러지도 저러지도 못하고 강의실 맨 앞에 서서 쩔쩔매고 있는데, 한참 만에 교수님이 입을 떼셨다.

한 나라의 정책은 누군가의 느낌이나, 그럴 것 같다는 추측만으로 바뀌지 않아. 오랜 시간 수많은 사람들이 제안하고 토론하는 과정을 거치잖니. 그 토론의 과정에서 우리가 해야 하는 일은 정확한 데이터를 제공하는 거야. 근거 없는 주장은 받아들여지지 않아. 어떤 정책이든 실행하거나 혹은 수정하려면 믿을 수 있는 데이터가 필요해. 그래서 대학이 있고, 교수가 있고, 연구를 하는 거란다. 사람들은 다 저마다 역할이 있어. 세상을 합리적으로 바꾸려는 행동가나 정치인도 필요하지만, 그들의 주장에 힘을 실어 줄 수 있는 데이터를 제공하고 만드는 사람도 반드시 필요하니까.

나는 이 강의실에서 노동학을 공부하는 학생들이 정확하게 세상을 바라보는 눈을 키우고, 그리하여 사회의 부조리함을 바꿔 나갈 수 있는 연구를, 그런 데이터를 내놓길 바랄 뿐이야.

우문현답이다. 사자성어는 틀린 적이 없다. 순간적으로 무안했다. 그리고 이내 눈물이 차올랐다. 교수님의 말 한마디가 내 마음에 와 꽂혀 버렸다. 눈물이 터질 것만 같아 애쓰고 애써 눈물을 눌렀다. 알 수 없는 타이밍에 사람들이 우는 건 마음속에 자신만 아는 이야기가 가득하기 때문이다.

사람에겐 다 저마다 역할이 있어

15년 동안 아나운서로 일하며 누구보다 당당한 모습으로 지냈지만, 사실 나는 그 작은 방송 스튜디오가 내 세상의 전부라는 생각에 움츠러들곤 했다. 추울 때 따뜻하고, 더울 때 시원한 곳에서 정의를 외치는 나는, 부조리함을 비판하며 목청을 높이지만 결국에는 말뿐인 나는 세상을 알 수 없다고 생각했다. 산업재해 운운하면서 단 한 번도 재해 현장의 실상을 겪어 본 적이 없었고, 벼랑 끝에 서 있는 사람들의 이야기를 전하면서 그들의 하루가 어떤지 전혀 알지 못했으며, 뙤약볕에 피켓을 들고 1인 시위를 하는 이들을 옹호하면서도 여름 땡볕에 입이 바싹 타들어 가는 그들의 고통을 몰랐다. 늘 말뿐이어서 나는 참 쉽게 산다고 생각했다.

그런데 오늘 교수님이 알려 주셨다. 사람들에게는 다 저마다 역할이 있다고. 세상의 일을 대중에게 알기 쉽게 설명하고, 부조리함을 공개적으로 비판하는 것이 나의 역할이었는데, 왜 나는 비겁하다며 스스로를 닦달했을까. 작은 방송 스튜디오에서 큰 이야기를 하고 있었는데 알지 못했다.

그렇게 닦달하는 습관은 캐나다까지 와서도 이어지고 있

었다. 창원의 한 뉴스 스튜디오에서도 스스로를 깎아내리던 나는 해밀턴의 한 대학 강의실에서도 나 자신을 깔보고 있었다. 또 테이블에 앉아 참 쉽게 세상을 논하고 있다고. 얽히고설켜 돌아가는 세상의 톱니바퀴 중에 어떤 바퀴가 내 바퀴인지도 모르고, 늘 내 바퀴는 빠져도 된다고 폄하했다. 더 멋진 일, 더 정당하고 더 그럴싸한 일을 동경하며.

지금 내 자리에서 내가 하고 있는 일이 가장 가치 있는 일이거늘.

아직 쓰이지
않은

책의 주인공

단발머리에 뿔테 안경을 썼던 옌옌

맥마스터 노동학 석사 과정에 재학 중인 유학생은 나 하나인
줄 알았는데 아니었다. 두 번째 학기에 들어 수강한 Labour
Movements and Social Transformation 수업 시간에 옌옌
이 있었다. 옌옌이 유학생인 걸 단번에 알아본 이유는 나보
다 영어를 못했기 때문이다. 남이 나보다 뭘 못하는 게 그렇
게 반가운 일일 줄 몰랐다.

옌옌은 중국 출신이었다. 늘 단발머리에 뿔테 안경을 쓰
고 다녔는데 친근한 외모와 달리 누구와도 대화를 나누지 않
았다. 물론 나도 대학원 동료들과 친밀하게 지내는 편은 아

니었지만 옌옌은 아예 말 자체를 하지 않았다.

하지만 그녀는 자신감 넘치는 학생이었다. 생각을 정리하고 영어로 문장을 찾고 나서야 말했던 나와는 달리, 옌옌은 할 말이 있으면 즉각 손을 들었다. 주제 발표를 할 때도 마찬가지였다. 나는 미리 써 온 대본을 읽어 내려갔지만, 옌옌은 즉석에서 발표를 했다. 그 때문에 발표 중간중간 Um, Uh, So…라는 말들이 자주 나왔지만 거슬리지 않았다. 나를 보는 듯한 마음에 그냥 그 친구의 모든 점이 마음에 들었다.

그런데 학기 중반쯤부터 옌옌이 보이지 않았다. 아쉬웠다. 옌옌이 빠진 수업에선 당연히 내가 늘 꼴찌였기 때문이다. 그 누구도 수업 시간마다 등수를 매기지 않건만, 쭈글이는 늘 자기가 얼마나 쭈글한지 확인해야 직성이 풀린다. 옌옌이 와야 내가 뒤에서 2등이라도 할 텐데…. 옌옌도 나를 보고 똑같이 생각했을 것이다.

옌옌의 결석은 생각보다 길어졌다. 한두 번을 넘어 아예 학교에서 사라져 버렸다. 대학원 동료들에게 옌옌의 행방을 아느냐고 물었지만 모두가 고개를 저을 뿐이었다. 말이 없던 아이, 단 한 번도 웃지 않던 동료였기에 마음이 쓰였다.

너의 눈물에 어떤 이름을 붙여 줘야 할까

옌옌이 다시 수업에 나타났을 때는 종강을 며칠 앞둔 봄날이었다. 자취를 감춘 지 한 달하고도 반이 지나서였다. 너무 반가웠던 나머지 먼저 가서 말을 걸었다.

그동안 어디 갔었어? 수업 시간에 안 보여서 걱정했어.

갑작스러운 나의 친한 척에 적잖이 당황한 눈치였지만, 옌옌은 누가 물어봐 주길 기다렸다는 듯 말을 이어 나갔다. 한 달 동안 방에 누워만 있었단다. 도저히 방문을 열고 나올 수 없어 누워만 있다 보니 더 일어날 수가 없었단다. 교수님의 이메일을 받고서야 정신을 차리고 오랜만에 수업에 나왔다고 했다. 옌옌의 눈에서 눈물 덩어리가 후드득 떨어졌다. 나는 화장실로 뛰어가 일회용 종이 타월을 마구 뽑아 왔다. 쉽게 그칠 눈물이 아니었다.

전쟁 때문이라고 했다. 앓아누운 이유가 전쟁 때문이라니, 귀를 의심했다. 당시는 러시아의 우크라이나 침공이 막 시작되던 때였다. 우크라이나 국기를 꽂은 차들을 캐나다 길거리에서 심심찮게 볼 수 있었다. 옌옌은 강대국의 야망 때문에 죄 없는 사람들이 죽어 가는 현실을 받아들이기 힘들다고 했다. 중국과 이웃한 러시아의 폭력적인 행보는 자신의 나라에도 전혀 도움이 될 것이 없다는 말도 덧붙였다. 무고한 사람들이 얼마나 더 많이 다치고 아파야 이런 세상이 끝날 수 있겠느냐며 옌옌은 울었다.

아까 화장실에서 종이 타월을 많이 뽑아 온 게 다행이었다. 내가 해 줄 수 있는 건 옌옌이 눈물을 그칠 때까지 종이 타월을 한 장 한 장 손에 쥐여 주는 일뿐이었다. 해 줄 수 있는 말이 없었다. 나는 살면서 그렇게 거대한 이유로 울어 본 적이 없다. 너는 어떤 시간들을 보냈던 걸까. 너는 어떤 세계를 가지고 있는 걸까. 너의 걸음은 어디로 향하고 있는 걸까. 방구석에 누워 흘렸던 너의 눈물에 어떤 이름을 붙여 줘야 하는 걸까.

옌옌이 남다른 아이라는 건 눈치채고 있었다. 학기 초, 성공적인 교직원 파업으로 꼽히는 시카고 교사 총파업에 대해 토론했던 적이 있다. 교수님이 옌옌에게 중국의 교직원 파업에 대해 질문을 던지셨다.

중국은 어때?

중국에서는 교사든 누구든 노동조합 결성이 금지되어 있기 때문에 파업 자체가 불가능합니다.

끝.

그 한 줄의 대답에는 그것도 모르느냐는 질책의 뉘앙스와 더 이상 말을 이어 가고 싶지 않다는 단호함이 배어 있었다. 알고 있으면서 몰랐던 사실에 나는 크게 놀랐다. 교수님도 당황한 눈치였다. 교수님도 모르면서 알고 있던 사실이었을 것이다. 그날 나는 알았다. 옌옌과 나는 차원이 다른 세계를 갖고 있다. 옌옌은 노동조합 자체를 결성할 수 없는 나라에서 캐나다까지 노동학을 공부하러 온 아이다.

함부로 판단하지 않을 거야

사람은 누구나, 어느 때는, 저마다 지옥을 품고 간다. 지옥을 건너는 이 옆에서 할 수 있는 일이라곤 어찌해도 섣부를 그 모든 판단을 내려놓는 것뿐이다. 시간이 마디마디 맺힐 때마다 옌옌이 겪었을 의미 있던 계절과 무의미했던 새벽을 모르면서 고작 방문 하나 열지 못했느냐고 다그칠 수는 없다. 스스로도 정의 내리지 못한 감정의 이름을 찾느라 헤매고 있는 이에게 함부로 그 감정의 이름을 건네줄 수도 없다. 나는 그 저 한 장 한 장, 그이의 손에, 눈물 닦을 종이 타월을 쥐어 주고 싶을 뿐이다.

외국 물 한번 먹겠다고 북극해를 건너와서 결국 내가 깨닫고 배우는 건 학문이 아니라 세상이다. 들어 본 적 없는 이유로 우는 옌옌, 글자로만 배웠던 망명을 직접 경험한 이웃집 루크, 거대한 서사를 등에 이고 있었을 숱한 타인들을 스쳐 보내며 나는 끝까지 겸허하고 싶다. 끝끝내 한 발 물러나 지켜보고 싶다. 판단하지 않을 것이다.

사람은 제각기 소설보다 더한 이야기들을 품고 산다.

오늘도

새벽 다섯 시에
일어났다

매일을 근사하게 보내는 방법

오늘도 새벽 다섯 시에 일어났다. 일어나면 냅다 책상에 앉아 아침 일기를 휘갈긴다. 아침 일기는 말 그대로 아침에 쓰는 일기로 하루의 시작을 긍정적으로 이끌어 가는 나만의 첫 번째 루틴이다. 5분 정도 일기를 쓰고 나서는 공부를 시작한다. 들입다 읽고 들입다 쓴다. 몰입의 시간이다. 시간도 공간도 무의미하다. 창문 너머로 서서히 날이 밝아 온다. 해보다 먼저 깨어 있으면 뭔가 대단히 성실하게 살고 있는 것만 같다. 그 기분만으로도 하루의 시작이 산뜻하다.

아침 일곱 시 반이 되면 아이들을 깨운다. 아침을 차려 내고 도시락을 싼다. 대학원 수업이 있는 날엔 아이들과 함께 집을 나서지만, 오늘같이 일정이 없는 날엔 아이들을 학교에 보내자마자 커피를 들고 마당으로 나간다. 하루 중 가장 좋아하는 시간이다. 하늘도 마당도 커피도 내 것이다.

커피타임이 끝나면 또다시 냅다 책상에 가서 앉는다. 가는 길에 딴 데로 새면 안 된다. 빨래도 개면 안 되고, 휴대폰도 보면 안 된다. 나는 나를 믿지 않기 때문에 안 되는 게 많다. 빨래를 개다 보면 괜히 분리수거나 냉장고 정리도 해야할 것 같다. 그래서 바로 책상으로 간다. 순위로 치면 36위 정도나 될 법한 일거리 따위가 최우선 업무를 그르치게 돼선 안 된다. 36위의 일거리들은 서른여섯 번째에 해야 한다.

공복에 집중이 더 잘되기 때문에 아침은 좀처럼 먹지 않는다. 오전에 공부할 땐 종종 음악을 틀곤 하는데, John Coltrane의 Blue train 앨범이나 Glen Gould의 바흐 골덴 베르크 변주곡을 듣는다. 책상에 앉아 다시 세 시간 정도 과제를 이어 가다가 정오가 되면 점심을 먹는다. 점심을 먹으면서는 보통 좋아하는 가수의 뮤직비디오를 본다. 오늘도 뉴진스 조카들과 점심을 먹기로 한다. 유 갓 미 루킹 포 어텐숑~~~. 안다. 음악 선택이 너무나 극단적이라는 것을. 조예가

깊지 않아서 그렇다.

이렇게 하루의 첫 단추를 잘 끼워 놓으면 오후는 자동으로 따라온다. 오전에 했던 일을 오후에 이어 가면 되기에 무엇을 해야 할지 찾고 정하느라 헤매는 시간을 줄일 수 있다. 알뜰살뜰하게 시간을 쓰는 것이다.

점심을 차려 먹고 나선 주 2~3회 운동을 하러 간다. 집에서 차로 5분 거리에 있는 YMCA에 헬스를 하러 가거나 주변 공원에서 산책을 즐긴다. 한 시간 정도 걸으며 폭포도 만나고 청설모도 만나고 내 마음도 만나고 돌아온다. 운동이 끝나면 뇌는 다시 새벽과 같은 상태로 재부팅된다. 말끔하고 깨끗하다. 집에 돌아와 샤워한 후 냉장고에서 먹을 만한 음식을 찾는다. 오늘은 크루아상을 입에 물었다. 살이 안 빠지는 이유가 바로 이 장면에 있다는 걸 모르지 않으나, 지금은 살 뺄 때가 아니다. 크루아상으로 행복하고, 그 행복한 기운을 가지고 다시 공부할 시간이다. 책상에 앉아 한두 시간 정도 또 과제를 한다.

오후 다섯 시가 넘으면 아이들을 데리러 학교에 간다. 이후 저녁 시간은 대부분 살림을 하거나 육아를 하며 보낸다. 아이들이랑 있으면 시간이 쏜살같이 흐른다. 그나마 다행인 사실이다. 열 시가 되면 아이들도, 나도 각자 침대에 눕는다. 하루는 이렇게 대부분 비슷하게 돌아간다. 이러한 루틴을 만드는 데 공을 많이 들였다. 의지는 더 이상 의지의 문제가 아니라는 깨달음 끝에 최적의 루틴을 찾고자 노력했다.

의지는 주머니에 들어 있는 초콜릿처럼 언제든 꺼내서 까먹을 수 있는 게 아니다. 의지는 사실 상당히 까다로운 무엇이다. 상황과 조건이 맞아떨어질 때야 등장한다. 그렇기에 혹 이루고자 하는 일이 있다면 자신의 의지를 먼저 철저하게 탐구해야 한다. 언제, 얼마만큼의 시간 동안, 어떤 상황에서 자신의 의지가 잘 발현되는지 알아내야 한다. 의지야, 넌 언제가 좋아? 낮이 좋아, 아침이 좋아? 대답을 찾고 나선 루틴을 만들어야 한다. 만드는 과정이 좀 까다로워서 그렇지, 일단 루틴을 한번 만들어 놓으면 그보다 효율적인 게 없다. 아무 생각 없이 그냥 하면 되니까. 감정과 상관없이 정해 둔 대로 하면 되니까. 그렇게 아무 생각 없는 날들이 켜켜이 쌓이다 보면 꽤 근사한 일들이 일어난다.

몇 년 전 술자리에서였다. 퇴근 후 일식집에서 감자크로켓에 소맥을 들이키고 있는데, 회사 후배가 요즘 읽고 있는 게 있다며 주섬주섬 가방에서 책 하나를 꺼냈다. 신미경 작가의 《뿌리가 튼튼한 사람이 되고 싶어》라는 책이었다. 온갖 잡다한 일들에 휘둘려 뿌리가 통째로 흔들리던 시기였던지라 제목에 이끌려 그 자리에서 온라인으로 책을 주문했다. 어떤 책들은 알아서 주인을 직접 찾아온다.

작가는 매번 유기농 제철 식재료를 구입해 직접 건강밥상을 차려 먹는다고 했다. 매일 아침 10분 동안 요가와 스트레칭을 하고, 하루도 빠짐없이 마사지 롤러를 이용해 얼굴과 목을 정성스레 마사지한단다. 반드시 일곱 시간 이상 잠을 자고 둥근 빗과 납작 빗을 번갈아 사용해 머리를 빗는다고 했다. 설거지용 수세미는 보름에 한 번씩 교체하고, 쓰지 않는 플러그는 뽑아 둔단다. 기함하기에는 아직 이르다. 작가에겐 셀 수도 없이 많은, 입이 절로 떡 벌어지는 루틴이 있었다.

처음 읽었을 땐 작가의 강박증이 읽혔다. 하지만 묘한 기분에 이끌려 다시 한번 읽었을 땐, 작가의 자기애가 보였다.

셀 수도 없이 많은 루틴 뒤에는 스스로를 끔찍이도 아끼는 마음이 숨어 있었다. 나를 제대로 먹이고, 깨끗하게 입히고, 규칙적인 생활을 하는 것이 미래의 나를 위한 일이라고 작가는 강조했다. 오늘 내가 그렇게 살아가면 미래의 내가 과거의 나에게 고마워할 것이라고 했다.

그때부터 나에 대한 본격적인 연구를 시작했다. 당시 나는 불안하고 조급한 일상을 개선하고 싶었다. 그래서 어떤 때 나라는 인간이 평화를 느끼고 행복을 느끼는지, 그 순간들을 매일의 루틴에 넣을 수 있는지 고민했고 알아내는 대로 실천했다. 새벽 출근길엔 항상 피아노 연주곡을 들었다. 하루에 한 끼는 채소와 과일만 먹었다. PT에 등록했다. 토요일 아침마다 카페에 갔고, 시트러스 향이 나는 보디샴푸와 하얀 구스 이불을 주문했다.

그렇게 나를 연구하고 가꾸고 마음이 평온해질 수 있는 루틴을 찾아가며 깨달았다. 신미경 작가는 강박증이 아니었다. 뿌리는 결국, 지금 여기에서 자신을 돌보고 아낄 때 깊어지는 것이었다.

바쁘다는 이유만으로 대충대충 흘러가는 대로 두면 살랑이는 바람에도 나무가 넘어간다. 어떤 상황에 처했든 그 안에서도 기어코 나를 가꾸고, 최적의 루틴을 찾아낼 때 뿌리는 땅으로 더 깊숙이 파고든다. 기어코 내가 나를 사랑하겠다는데, 기어코 내가 나를 지키겠다는데 누가 나를 흔들어 제껴? 어?

그렇게 루틴을 발전시키다가 의지마저도 시스템화할 수 있었다. 본격적으로 캐나다 유학 준비를 시작하면서부터 의지를 루틴에 넣어 발현시키고자 애썼다. 그때도 나는 나를 믿지 않았다. 툭하면 동료들이랑 맥주 마실 기회를 호시탐탐 노리는 스스로를 도저히 믿을 수가 없었다. 그래서 의지를 루틴에 넣어 버렸다. 결과는 성공적이었다. 덕분에 불안감도 크게 줄었다. 반복은 불안을 물리친다. 나를 믿지 못할 땐 루틴을 믿었고, 또 한없이 막연한 날에는 그래도 루틴을 반복하는 나를 믿었다. 그러다가도 또 내가 못마땅하면 다시 루틴의 힘을 믿었다. 어불성설 같지만 실로 그랬다.

하루하루를 어떻게 살아갈까, 앞길에 무엇이 놓여 있을까 불안하다면 당장 해야 할 일은 지금을 꾸리는 일이다.

나는 이미 충분하고도 당연한 A+

학기 말이 될수록 엄마가 극도로 단조로운 일상을 산다는 걸
알면서도 아이들은 하교하자마자 오늘도 묻는다.

엄마, 엄마, 오늘 뭐 했어요?

과제하고 운동했지 뭐.

도대체 엄마 과제는 언제 끝나요?

다음 주에 제출하려고.

엄마가 이렇게 열심히 하는데 A＋ 받으면 좋겠어요.

이미 A＋야. 엄마가 엄마한테 이미 A＋ 줬어.

아이들에게 괜한 폼을 잡아 본다. 물론 영어 실력이 좀 달
려서 A+까지는 아니겠지만, 매일같이 새벽에 일어나 뇌가
팽팽 돌아가는 소리를 들으며 공부했는데 A 정도는 나오지
않을까. 루틴을 지키며 반복을 반복했는데 뭐라도 그럴싸한

게 뜨지 않을까. 나는 못 믿어도 루틴을, 켜켜이 쌓은 시간을 믿어 볼 수 있지 않을까. 사실 결과가 과정을 증명해 주지 않아도 괜찮다. 그 시간을 통해 반복하는 습관이라도 몸에 배었을 테니. 그것으로 되었다. 그렇다. 자기 합리화는 벌써 시작되었다.

그 학기에 나는 결국 모든 과목에서 A를 받았다. 내가 오늘을 잘 보내 놓으면, 미래의 내가 과거의 나에게 고마워할 것이라던 신미경 작가의 말이 무슨 뜻인지 겪어 보니 알겠다. 그리고 영어 실력이 역시 좀 부족하다는 것도 알겠다.

오늘의 나는 어제의 나에게 고마워하고, 내일의 나는 또 오늘의 나에게 고마워할 삶을 계속 꾸려 나갈 것이다.

◊ 못다 한 이야기

    내가 아이들에게 보여 주고 싶은 모습은 솔선수범하여 공부하는 모습이 아니었다. 내가 보여 주고 싶었던 건 더 나은 사람이 되고자 끊임없이 노력하는 한 인간의 모습이었다. 나이나 지위보다 중요한 건 지금보다 나아지고 성숙해지겠다는 태도라는 걸 몸소 보여 주고 싶었다. 두려움과 막막함에 망설일지언정 결코 등을 보이지는 않겠다는 강단 있는 모습을 보여 주고 싶었다. 그 모습은 어떤 날은 한없이 초라했고 또 어떤 날은 근사했지만, 인생이라는 게 사실 초라함과 근사함의 뒤범벅이라는 걸 알길 바랐다.

    그리하여 훗날 삶의 어느 시점에

    엄마가 그때 그래서 그랬구나,
그럼에도 불구하고 한 거구나

    하고 그들도 그렇게 나아가길 바랐다.

모래알만 한
행복까지

야무지게

얼떨결에 계주 선수로

학교에서 체력장 비슷한 걸 한다고 얼마 전에 듣긴 했었다. 주한이 분명 영어로 뭐라 뭐라 정확한 단어를 말했는데, 듣고 나서는 체력장을 한다는 거로구나 하고 생각해 버렸더니 여전히 그 단어가 생각나지 않는다. 영어를 못하는 이유가 딴 데 있지 않다. 나이가 드니 자꾸만 정보를 애매하게 저장한다. 한번 들을 때 정확한 표현과 단어를 외우는 습관을 들여야겠다.

여하튼 체력장을 하니 모자와 선크림을 꼭 챙겨 가야 한다고 아이들이 호들갑을 떨었었다. 그러고선 며칠이나 지났나, 학교에서 안내문을 하나 받아 왔다. 당신의 아이가 해밀턴 교육청에서 실시하는 체력장 대회에 나가니 이에 동의하는 서명을 해 달라고 적혀 있었다. 주한은 공 멀리 던지기, 지한은 제자리 멀리 뛰기 학년 대표로 뽑혔다고 했다. 며칠 전에 있었던 학교 체력장에서 학년 최고 기록을 달성한 것이다. 어머! 너네, 체육 잘하니?

달력을 보니 하필 지도교수님과 논문 관련 미팅이 있는 날에 아이들 체력장 대회가 열린다. 미팅은 오후 두 시, 아이들 대회는 오전 열 시에 시작이라 미팅 전에 잠깐 대회 구경을 다녀올 시간 여유는 있지만 그러지 않을 생각이었다. 지도교수님을 만나기 전엔 할 일이 많다. 써 둔 글도 더 다듬어야 하고, 교수님에게 할 질문도 미리 준비해야 한다. 그런데 그날 아침, 지한이 스쿨버스에 타기 직전에 내 볼에 뽀뽀를 하며 엄마가 꼭 오면 좋겠다고 말하는 바람에 만사를 제쳐 두고 대회에 갔다. 뭣이 중헌디.

주차할 곳이 없을 만큼 차가 바글바글했다. 이럴 때 보면 캐나다 사람들은 다 백수 같다. 또 다 나왔다. 유모차와 개, 할

아버지, 할머니, 사돈의 팔촌도 다 온 게 분명하다. 모두가 이 대회만을 기다려 온 사람들 같다. 평일 오전 열 시인데도 생업을 이어 가는 이가 아무도 없단 말인가. 사람이 어찌나 많던지 흡사 내 어린 시절 운동회와 분위기가 비슷했다. 김밥과 솜사탕 대신 소시지와 감자칩을 파는 게 다를 뿐이었다.

예상치 못한 엄마의 등장에 주한과 지한은 좋아서 방방 뛰었다. 캐나다 학부모들의 리액션에 지지 않겠다는 마음가짐으로 누구보다 큰 목소리로 아이들 이름을 외치며 응원했다. 하지만 역시 캐나다 사람들을 이길 수는 없었다. 그들은 단체로 어디 노량진에 가서 리액션 단과반을 수강하는 게 분명하다.

누가 쌍둥이 아니랄까 봐 아이들은 각각 종목에서 15위를 기록하며 중위권에 머물렀다. 하지만 해밀턴에서 15등이면 정말 좋은 결과라며 서로 손뼉을 치며 정신 승리하는 모습을 보였다. 출전한 종목의 경기가 끝나고 우리는 아이스크림을 입에 하나씩 물고 잔디밭에 자리 잡고 앉았다. 예정된 미팅 때문에 곧 일어날 참이었다. 오늘 미팅만 없었다면 끝내주는 하루였겠구나 싶었지만 뭐 반만 끝내줘도 괜찮으니까.

그렇게 잠깐 쉬고 있는데 학교 체육 선생님이 다가오더니, 계주 멤버 한 명이 배가 아파서 지금 병원에 갔다며 혹시 주한이나 지한 중 한 명이 대타로 나설 수 있겠느냐고 물었다. 허허, 계주라? 내 새끼들이 계주를 뛴다고라? 그것도 운 빨로다가.

세기의 가위바위보 대결 끝에 주한이 출전하기로 했다. 한 번도 주한에게 직접 말한 적은 없지만 사실 주한은 달리기를 잘 못한다. 지한에게는 여러 번 얘기했는데 지한은 달리기를 잘한다.

대회의 하이라이트인 계주는 가장 마지막 순서였다. 교수님과의 미팅에 늦지 않을까 살짝 걱정됐지만, 아무래도 내 새끼가 계주 대표로 뛰는 건 오늘이 처음이자 마지막일 것만 같아 최대한 있어 보기로 했다. 놓칠 수 없는 장면은 놓치면 안 되니까. 그래서 나는 용케도 주한이 계주를 뛰다가 넘어지는 장면을 놓치지 않았다.

자식이 계주 경기에서 넘어질 때 부모 심정이 어떤지 아는가. 심장이 발목까지 쑤욱 내려가는 기분이다. 이전 주자에게 바통을 건네받는 순간 주한은 그 친구와 뒤엉키며 머리를 땅에 세게 처박았다. 모르긴 몰라도 눈앞에 별이 뱅뱅 돌았을 것이다. 하지만 아이는 지체 없이 벌떡 일어나 뛰기 시작했다. 바통을 손에 꽉 쥐고 자신의 트랙을 따라 뛰어 나갔다. 단언컨대, 짧디짧은 9년 아이 인생에서 최고의 명장면이었다. 심지어 넘어지고도 앞서 달리던 두 명을 제쳤다. 나는 무슨 말이라도 하고 싶어서 "It's okay, Dylan! go! go! go!"를 목청껏 외쳤다.

넘어진 아이의 마음이 걱정되어 눈앞에서 주한이 사라지자마자 관객들을 헤치며 결승점 방향으로 나도 냅다 뛰었다. 숨이 목구멍까지 차오르는데 마음이 급했다. 얼른 뛰어가서 아이를 위로해 주고 싶었다.

주…주한아, 너 지…진짜 멋있더라. 이야, 아주 벌떡 일어나서 뛰던데. 그건 저허헝말 멋진 일이야. 너 대단…하, 하아 했어.

엄마, 저는요. 그냥 최선을 다하자고만 생각했어요. 괜찮아요. 제가 언제 계주를 뛰어 보겠어요. 달리기도 못하는데.

응? 애, 인생 2회차인가?

인생은 팡팡 터지는 폭죽놀이가 아니야

아이들은 벌써 아는 게 분명하다. 행복은 항상 지금 여기에 존재한다는 엄청난 사실을 이미 알고 있는 것이 분명하다. 그러지 않고서는 계주를 뛰어 본 것만으로도 만족한다고 말할 리가 없다. 30명 중에 15위를 하고도 좋아서 둘이 서로 손바닥을 마주치며 좋아할 리가 없다. 인생 처음이자 마지막으로 계주 선수가 된 기념으로 근사한 저녁 외식을 하자고 말했을 때 라면을 먹겠다고 할 리가 없다. 루크 형이랑 라면 먹는 게 제일 좋다고 했다. 이렇게나 온전하게 하루하루를 살아가는 법을 알 리가 없다.

나이 삼십이 넘도록 나는 행복이 폭죽놀이인 줄 알았다. 소리를 지를 만큼 짜릿한 순간들, 그렇게 펑펑 폭죽이 터지는 순간만을 행복으로 여기며 삼십 년을 살았다. 반장이 되고, 대학에 합격하고, 내가 좋아하는 오빠가 나를 좋아하고, 최종 합격자 명단에 내 이름이 있는 순간들. 인생에 몇 안 될 폭죽이 팡팡 터지는 순간들. 그 순간들만이 행복인 줄 알았다. 그래서 인생이 폭죽놀이 같길 바랐다. 터지지 않는 폭죽을 늘 목 빠지게 기다렸다. 기쁨과 행복의 기준을 애초에 잘못 설정하는 바람에 멀쩡한 일상은 늘 하찮아 보였다. 족히 수만 개가 넘는 행복을 놓치고 살았다. 그런데 이 꼬맹이들은 단 하나의 행복도 놓치지 않는다.

옆집 루크를 불러 각기 다른 세 가지 라면을 끓였다. 세 명이 모두 다른 라면을 고르는 바람에 집에 있는 냄비 세 개가 동시에 인덕션 위에 올라갔다. 짜왕, 진라면, 안성탕면. 해 질 녘 마당에 앉은 셋은 또 뭐가 그렇게 웃기고 재밌는지 깔깔대다가 뒤로 넘어가며, 헥헥대며 라면을 먹는다. 저 장면이 만화였다면 아마 공중에 구름 모양으로 happy라는 글자가 둥둥 떠 있었을 것이다.

아, 그리고 다행히 미팅엔 늦지 않았다. 다만 차를 주차하자마자 또 미친 듯이 뛰었을 뿐이다. 헐떡대며 지도교수님 앞에 등장했을 뿐이다. 자초지종을 들은 교수님은 활짝 웃으며 혹시 네가 계주를 뛰고 온 거 아니냐며 하하 웃으셨을 뿐이다. 이 제목의 이름도 행복이었다.

행복은 항상 지금 여기에 존재한다. 볼 줄 몰라 보이지 않을 뿐.

저 논문 프러포절 한 문단밖에 못 썼는데 이거라도 보여 드릴
까요?

- 한 문단이라도 괜찮아. 아예 안 쓴 게 아니잖니. 그건 제로
  가 아니니까 괜찮아.

이제 학기가 시작되어서 매달 미팅 때마다 논문 진도가 많이
나가지 않을 수도 있어요. 다른 수업 과제를 내는 것도 빅차서요.

- 작은 progress도 우리는 그것을 progress라고 부른단다.
  계획대로 되지 않아도 상관없어. 그냥 네가 progress한
  만큼만 얘기해 주면 돼.

제가 영어 문법에 맞게 작문하려면 시간이 많이 걸려요.

- 나는 문장이나 문법의 옳고 그름을 보는 것이 아니라, 네
  가 정확히 이해했는지, 너의 학문적 견해는 무엇인지가
  궁금한 거야. 문법의 옳고 그름을 따지게 되면 생각이 갇
  히니 편하게 쓰고 공유하면 돼.

여전히 수업 시간에 떨리고, 제가 아는 만큼 표현하지 못하는 것에 대해 답답함이 있어요. 그런데 이건 제가 졸업할 때까지 극복하지 못할 것 같아요.

- 학생의 지식 수준과 그 표현 수준이 비례하는 건 아니야. 교수들은 그걸 다 알고 있어. 수업 시간에 무언가 보여 줘야 한다고 생각하지 말고 배우는 자세로 있길 바라. 너는 배우러 왔어. 그리고 넌 너에게 좀 더 친절할 필요가 있어. 너무 다그치지 마.

닥터 로스는 더 이상 내 논문 지도교수가 아니다. 내 삶의 지도교수다. 매달 그녀를 만날 때마다 그녀처럼 살아야겠다고 다짐한다.

작은 한 걸음도 진전이라고.
스스로에게 친절하라고.

나도
기특하고

너도
기특해

우리가 함께 보낸 기특한 날들

한 학년을 마무리하는 날이다. 캐나다에서는 9월에 새 학년을 시작하고 다음 해 6월에 마친다. 무덤덤한 엄마와 달리 아이들이 먼저 성적표에 대한 기대를 내비쳤다. 사회는 B가 나올 것 같다는 둥, 미술은 A라는 둥 아침 식탁에 앉아 식빵에 버터를 바르며 서로 성적을 점치고 있다. 뭐 그렇게 기대할 정도는 아닐 테지만 자신감 하나는 높게 사기로 한다.

오늘 주한과 지한의 성적표에 어떤 알파벳이 적혀 있든 아이들은 무조건 칭찬을 받게 되어 있다. 내가 그렇게 하리라고 마음먹었기 때문이다. 해 본 놈이 안다고, 완전히 다른 시스템에서 모국어가 아닌 언어로 공부하는 건 보통 힘든 일이 아니다. 숨 돌릴 틈 없이 업어치기, 매치기, 안다리 걸기를 당하며 대학원에 다녀 보니, 아이들이 별 탈 없이 제 발로 걸어 학교에 다니는 것 자체가 감사했다. 그래서 나도 기특하고 너도 기특하다. 그렇게 정했다.

사실 성적이 나쁘다고 혼내 봤자 달라지지도 않는다. 혼내서 올라갈 성적이었으면 우리는 모두 현재보다 좋은 학벌을 갖고 있을 것이다. 우리가 다 함께 증명하지 않았는가. 혼남과 성적은 비례하지 않는다.

좋은 것보다 더 좋은 것

아이들이 갈기갈기 찢긴 하얀 봉투를 흔들며 내게 뛰어왔다. 성적표가 들어 있는 봉투다. 넘치는 설렘에 봉투를 찢어 버렸나 보다. 벅찬 마음을 안고 내게로 뛰어오나 보다. 참으로 별일 아닌, 그러나 길이길이 기억될 인생의 한 장면이었다.

성적은 생각보다 꽤 괜찮았다. 4등급으로 분류되는 태도 점수는 모두 2등급인 Good을 받았고, 교과목은 B밭에 A가 한두 개 있었다. 모르긴 몰라도 반에서 중간은 하는 듯하다. 아무래도 매치기, 배지기, 어퍼컷을 당하는 건 나뿐인 게 확실하다.

아이들에게 칭찬을 퍼부었다. 선생님이 적어 주신 문장 하나하나를 크게 읽으며 교과목 점수를 외쳤다. Social Studies, B! '어쩜, 어머나, 기특해라, 아이고, 내 새끼'라는 단어들을 남발했다. 엄마의 생오바를 감당하기 힘든지 아이들은 한계치 초과라는 표정이다. 견디다 못한 주한이 말했다.

엄마, 원래 초등학생은 성적표에 다 좋은 말만 써 주는 거 알죠?

"알아, 인마. 그래도 작은 일에 크게 기뻐하며 살아, 짜샤." 라고 말은 못 하고 "모르는데?"라고 천연덕스럽게 답했다. "너무 잘했는데?" 그러곤 웃었다.

그런데 이날, 성적표보다 더 반가운 종이가 하나 있었다. 리딩 등급 안내표였다. 캐나다 학교로 전학 오자마자 아이들이 받아 왔던 종이와 똑같은 안내문이었는데 숫자가 바뀌어 있었다. 학년을 시작하자마자 받아 온 그 당시 등급표에는 캐나다 3학년 아이들의 평균 리딩 레벨이 32인데 주한과 지한은 17이라고 적혀 있었다. 그리고 1년이 지난 오늘 받아 온 등급표에는 이맘때 캐나다 아이들의 평균 리딩 레벨이 40인데 주한과 지한은 36이라고 적혀 있었다. 각기 다른 종이를 들고 왔지만 쌍둥이 아니랄까 봐 참말로 디테일하게 똑같은 숫자였다. 36 옆에는 unbelievable한 성장이라는 담임 선생님의 메모가 적혀 있었다.

약 1년 전, 17이라는 숫자를 맞닥뜨렸을 때 사실 좀 놀라긴 했다. 아무리 그래도 한국에서부터 영어를 배워 왔는데 캐나다 애들의 절반 수준이라니. 하지만 기다려 보기로 했다. 혼나서 오를 성적이었으면… 오케이, 여기까지.

17에서 36에 이르는 과정은 정직했다. 아이들은 말 그대로 닥치는 대로 책을 읽었다. 학교에서 캐나다 친구들이 읽는 만화책을 빌려 보고선 똑같은 걸 사 달라고 했고, 또 어느 날은 친구들이 읽는 코믹 소설을 보고는 색종이에 삐뚤빼뚤한 글씨로 책 제목을 적어 와 사 달라고 졸랐다. 도서관에 책 대출을 예약해 두고 제날짜에 반납하는 걸 극도로 귀찮아하는 나였지만 새끼가 원한다고 하여 부지런도 떨었다. 기다려도 대여가 안 되는 책은 그냥 샀다. 나중에 다 중고로 팔면 남는 장사라고 스스로를 설득했다. 아, 그리고 애가 스스로 책을 읽는다잖여. 뭣이 중헌디.

아이들은 읽고 또 읽었다. 저 정도면 다 외우지 않을까 싶을 만큼 같은 책을 읽고 또 읽었다. 읽고 또 읽으면서 매번 같은 장면에서 웃었다. 어린이라는 존재에 대해 내가 가장 경이롭게 느끼는 부분이다. 웃을 줄 알면서 웃고, 웃기 위해 웃을 줄 아는 그 부분을 다시 반복해서 본다. 그러고선 마치 처음 본 듯이 또 웃는다. 저렇게 살고 싶다. 계속 저렇게 살면 장수할 것이다.

그리하여 웃으며 읽어 젖힌 시간들이 쌓여 리딩 등급 36이 되었다. 물론 그 숫자 역시 캐나다 평균보다는 낮다. 하지만 뭐 어떤가. 성장하고 있지 않은가. 기다리길 잘했다.

우리의 삶은 마라톤이잖아

아이를 키우려면, 키워 내려면 부모는 기다려야 한다. 얼굴에 이유식을 칠갑해도 결국엔 혼자서 다 먹을 것이니 기다려야 한다. 하루 죙일 양말을 신어도 기어코 다섯 발가락을 양말 안에 넣을 테니 기다려야 한다. 오늘은 틀렸지만 적어도 다음 달에는 맞혀 올 것이기에 기다려야 한다. 같은 일로 또 울었지만 5년 뒤에는 눈물 찔끔 흘리고 말겠지 하고 기다려야 한다. 지금은 엄마를 이해하지 못하겠지만, 10년 뒤의 너는 그래도 조금은 마음의 곁을 내주겠지 하고 또 기다려야 한다.

아이의 인생은 5년짜리가, 17년짜리가, 30년짜리가 아니니까. 곧 마흔인 나도 아직 인생이 진행형이거늘, 마라톤을 자꾸만 단거리로 쪼개어 아이를 판단하지 않겠다고 오늘도 나는 다짐한다. 기다리겠다고 또 다짐한다. 부모인 나의 조바심이 너의 앞날을 그르치지 않길. 세상의 잣대로 내 자식을 평가하지 않길.

지혜로운 부모가 되길 바랄 뿐이다.

고등학교 1학년 첫 중간고사에서 성적이 많이 떨어졌다. 시험 공부 자체를 많이 하지 않았다. 그런데 하필 담임 선생님이 전 과목 시험지 오른쪽 상단에 부모님의 사인을 받아 오라는 숙제를 내셨다. 전략적으로 아빠를 노렸다. 퇴근 후 안방에 들어가 환복하는 아빠에게 시험지 뭉치를 들이밀었다.

"여기에 사인 받아 오래."

아빠는 단 한 과목의 점수도 확인하지 않으셨다. 숫자도 과목도 보이지 않는다는 듯 순식간에 사인을 휘갈겼다. '보여도 보이지 않습니다' 콘셉트인가? 마음 졸인 것에 비해 싱거운 상황에 물었다. 혼남을 각오한 자가 혼나지 않으면 혼란스럽다, 매우.

"아빠는 왜 나를 혼내지 않아?"

"아빠 마음속에 큰 원이 하나 있는데 그 울타리를 넘어가지만 않으면 돼. 그런데 그 원이 너무 커서 아마 아롬이가 넘어갈 일이 없을 거야."

나는 바로 다시 본궤도로 돌아왔다. 기말고사는 잘 쳤다.

완벽하지
않아
더 좋았던
날들

오로지 나를

위한다는
것

결혼기념일과 백만 원

캐나다의 여름방학은 매우 길다. 나는 아이들과 함께 한 달 정도 한국에 다녀왔다. 순대볶음만 좀 먹고 싶었을 뿐 향수병은 전혀 없었지만, 아이들 밥을 삼시 세 끼 차려야 하는 삶에서 한 달이라도 벗어나고 싶었다. 한국에는 남편이 있고 아이들 조부모가 있으니 어떻게든 해방될 수 있을 것이었다.

그렇게 신나게 백순대볶음과 양념순대볶음을 번갈아 시켜 먹으며 즐기다가 캐나다로 다시 돌아오기 이틀 전이었던 9월의 첫날, 그날은 마침 10주년 결혼기념일이었다. 하지만 우리는 선물을 준비하지 않았다. 정확히 말하자면 준비하지 않은 게 아니라 못 했다. 돈이 없었다. 이 통장, 저 통장에 조금씩 남아 있던 잔액을 다 끌어모아 유학 생활을 하고 있던 터라 여윳돈이 전혀 없었다.

모든 일은 성의의 문제라고 애써 합리화하며 성의 있게 성의 있는 마음을 전하기로 했다. 장문의 편지를 썼다. 매달 꼬박꼬박 국제송금을 하는 당신께 감사하다고, 그 돈이 허투루 쓰이지 않고 있다고 적었다. 덕분에 석사 과정 중인 아내는 깊어지고 있고, 넓은 캐나다 땅에서 매일 뛰노는 아이들은 넓어지고 있다고 전했다. 당신의 노고를 모르지 않노라고 썼다.

남편도 편지를 내밀었다. 그 편지에도 내 노고를 모르지 않는다고 쓰여 있었다. 서로의 노고를 치하하며 그렇게 훈훈하게 우리의 기념일이 마무리되는 줄로만 알았는데, 파스타와 화덕피자를 다 먹어 갈 때쯤 남편이 봉투를 내밀었다. 돈 봉투였다. 전혀 예상하지 못했다. 며칠 전, 서로 돈도 없으니 이번엔 그냥 넘기자고 말했을 때 그는 고개를 끄덕였었다.

결혼 10주년! 많은 것을 해 줄 수는 없지만, 이 돈 1,000불은 캐나다 가서 생활비가 아닌 자기를 위해서만 썼으면 해!

봉투에 쓰여 있던 글을 읽고 마음이 울렁거렸다. 절대 돈 때문이 아닌 게 아니다. 캐나다 달러 1,000불이면 원화로 100만 원. 하지만 이 돈은 100만 원 이상의 의미를 지니고 있었다. 모든 가치는 상대적이다. 생활비와 학비를 충당하는 것만으로도 빠듯한 유학 생활이었다. 지금의 긴축 정책이 언젠간 끝나기를 기대하며 각자 살뜰하게 삶을 일궈 나가던 시기였다.

오로지 나를 위해 쓰라는 그 말이 좋아 봉투 그대로 캐나다에 들고 와 책상 서랍에 넣었다. 그러고선 며칠을 고민했다. '오로지 나를 위한다는 게 뭘까?'로 시작한 고민은 '나는 무엇을 좋아하고 싫어하는가?', 더 나아가 '나는 누구인가?'로 이어졌다. 귀한 100만 원 덕분에 자아 성찰의 시간을 거쳤다. 단돈 100원도 허투루 쓰기 싫었다.

시간을 사겠습니다

길고 긴 사색 끝에 시간을 사기로 결심했다. 오우, 방금 이 문장 좋았어. 시간을 사기로 결정했다니, 정말 엄청난 사색을 한 것 같구먼. 생각해 보니 없어도 너무 없는 건 첫째도, 둘째도 시간이었다. 하루에도 여러 번, 하루가 28시간이라면 혹은 34시간이라면 얼마나 좋을까 생각하곤 했다. 넉넉하게 공부할 시간도, 편하게 쉴 시간도. 멍하게 멍때릴 시간도 부족했다.

부족한 시간을 사기 위해 집안일을 대신 해 줄 사람을 찾아보기로 했다. 지금의 일상에 가사도우미가 있다면 단 몇 시간이라도 벌 수 있을 것이었다. 그 시간에 멍을 때리고 낮잠을 잘 수 있을지도 모른다.

그런데 가사도우미 비용이 말도 안 되게 비쌌다. 한 시간에 30불, 네 시간에 120불. 집 청소 한 번 하는 데 12만 원이었다. 한국보다 딱 두 배 비싼 가격 앞에서 망설였다.

머뭇거리며 고민하다 보니 며칠이 또 후딱 지나갔다. 그러다가 새벽에 일어나 과제를 하고 부엌에 내려가 아이들 아침 도시락을 싸던 순간 돌연 결심하고야 말았다. 12만 원이고 자시고 그냥 써야겠다고, 이렇게는 못 살겠다고. 버티고 버티다가 벼락같이 결심하는 것도 참 한결같다.

1회에 12만 원이니 격주로 가사도우미를 8회 부르면 96만 원. 96만 원으로 4개월을 버틸 수 있다는 계산이 나왔다. 4개월이면 대학원 한 학기와 같은 기간이다. 2주에 한 번 방문할 가사도우미를 기다리며 대충 뭉개면서 살 수 있을 터였다. 심지어 100만 원에서 4만 원이 남는다. 쌀국수 세 번을 먹을 수 있는 돈이 남는다니, 이 계획이 어쩐지 더 그럴싸해 보였다.

몇 안 되는 한국인 지인에게 묻고 물어 리아를 소개받았다. 일 잘하고 꼼꼼하고 유쾌한 사람이라고 했다. 그녀는 내 구세주가 되어 줄 것이다, 96만 원에.

그 마음속에는 끝도 없을 라벤더 꽃밭이 있겠지

리아는 활짝 웃는 필리핀 할머니였다. 이보다 더 정확하게 그녀를 표현할 방법은 없다. 그녀는 매 순간 활짝 웃었다. 그래서 그녀의 얼굴을 마주할 때마다 나도 활짝 웃었다. 리아는 격주 목요일마다 등장해 지난 보름 동안 우리 셋이 해 놓은 모든 저지레를 말끔하게 치웠다. 그녀가 다녀가면 도기와 식기에선 빛이 났고 개수대에선 광이 났다. 압권은 침구 정리였다. 침대를 5성급 호텔 수준으로 만들어 두었다. 호텔에 온 듯, 매트리스 깊숙이 박힌 이불들을 힘주어 잡아 뺄 때마다 그녀의 삶이 궁금했다. 방콕의 한 5성급 호텔에서 앞치마를 한 채 침구를 정리하는 리아를 상상하곤 했다.

청소를 잘하는 리아는 요리도 잘했다. 종종 넓적한 접시에 볶음국수를 담아 들고 왔다. 우리에게 주려고 아침부터 만든 음식이었다. 오늘 하루쯤은 요리를 쉬고 이 국수로 저녁을 해결하라며 활짝 웃었다. 이 나라에서 우리를 생각해 주는 사람이 있다는 게 마냥 좋아서 나는 볶음국수를 건네받으며 무방비로 웃었다. 그럴 때마다 햇살처럼 따뜻한 사람들로 리아 주변이 가득 차면 좋겠다고 생각했다.

리아가 두 번째를 넘어 세 번째로 넓적한 접시에 베트남 볶음국수를 담아 들고 왔던 날엔 어떻게 베트남 요리를 이렇게 잘하느냐고 물어봤다. 캐나다로 이민 오기 전에 홍콩에서 11년 동안 한 일본인 가정의 보모로 있었는데, 그 집 사람들이 베트남 음식을 좋아해서 배웠단다. 홍콩을 거쳐 일본을 거쳐 캐나다에 정착했다고 한다.

찰나 같은 시간이었지만 리아의 삶 뭉텅이와 내 인생의 뭉텅이가 캐나다의 한 가정집에서 조우했다고 생각하니, 괜히 우리가 멋져 보였다. 존재도 모르고 살 사람을 이렇게라도 만났고, 이렇게 따뜻한 사람을 잠깐이라도 알게 되었다. 그냥 좋았다.

시간만 산 줄 알았는데 베트남 볶음국수가 따라왔고, 리아의 미소가 따라왔다. 세상에 감사할 일이 가득하다는 그녀의 말을 들으면, 세상 우울한 노동 공부를 하다가도 미소가 지어졌다. 그녀가 밀대 걸레질을 할 때마다 꼬리뼈까지 길게 땋은 머리가 대롱대롱 흔들리는 모습을 보면서, 어쩌면 노동이 그렇게 세상 우울한 일은 아닐지도 모른다고 생각하기도 했다. 리아의 마음속엔 끝 모를 라벤더 꽃밭이 있을 것만 같다. 잠깐 지나쳐 갈 인연일 줄 알면서도 베푸는 사람의 마음은 그렇게 생겼을 것이다.

개걸개걸

웇웇개걸

미련한 방법도 괜찮아

눈앞에 그려지지 않는 이야기들은 쉽게 증발한다. 그래서 나
는 매번 Labour Geography 수업이 끝나고 나면 도대체 뭘
배웠는지 알 수가 없었다. 눈에 보이는 것들도 영어로 말하
기 힘든 판에 눈에 보이지 않는 현상들까지 이야기하려니 버
거웠다. 공간적 분업, 불균등 발전 등의 표현이 활개 치는 수
업에서 얻을 수 있는 건, 내가 제법 똑똑할지도 모른다는 그
럴싸한 착각뿐이다. 어려운 말을 쓰고 있으니께.

구름 위에 둥둥 떠 있는 이야기만 하다가 헤어지는 우리
의 머릿속에 아무것도 남아 있지 않다는 걸 교수님도 아셨던

걸까. 과제로 그림을 그려 오라고 하셨다. 시각화할 수 있는 능력보다 뛰어난 능력은 없고, 이미지를 보는 것만큼 효율적인 배움이 없다는 말을 덧붙이셨다. 저… 교수님? 그런데 이 수업이 제일 뭐가 안 그려지는 수업인디요? 아실랑가 몰라.

네 개의 논문을 읽은 뒤 각 주제를 연결해서 그림을 그리고 왜 그런 그림을 그렸는지 설명해야 했다. 동료들은 사진 한 장을 들고 오기도 했고, 만화를 그려 오기도 했다. 고심 끝에 나는 네 개의 논문을 일러스트 형식으로 한 페이지에 아우르기로 했다. 이런 때 써먹으려고 미대를 나왔나 보다. 지나간 시간들은 예상치 못한 타이밍에 불쑥 나타나 나를 돕는다.

내가 맡은 주제는 생산 활동과 이것이 가능하도록 뒷받침되어야 하는 활동들이 역사적으로 어떻게 이론화되었는지를 정리하는 것이었다. 쉽게 말해 노동자가 공장에 나가 일을 하려면 전날 밥도 먹어야 하고 잠도 자야 하고 일할 때 입는 옷도 빨아야 하는 등등의 잡일 거리가 있는데, 소위 그림자 노동으로 불리는 이러한 노동, 그리고 자본과 직접 관련된 생산 노동의 관계가 역사적으로 어떻게 정립되어 왔느냐는 것이다. 안다. 눈앞에 그려지지 않는 이야기라는 걸. 생맥주에 노가리 한 접시를 사 준다고 해도 안 듣고 안 먹고 만다는 걸.

한 달 전부터 준비를 시작했다. 며칠에 걸쳐 논문 분석을 끝내고 나선 아이패드 펜슬을 잡고 다시 며칠에 걸쳐 그림을 그렸다. 시간이 지날수록 쓸데없이 퀄리티가 높다는 걸 깨달았지만 멈출 수 없었다. 흐음, 이렇게까지 그릴 일은 아닌 거 같아. 미대 수업이 아니잖어.

예상대로 발표가 끝나자 모두가 놀라움을 감추지 못했다. 아무도 논문에 관한 질문을 하지 않았다. 네가 직접 그렸느냐, 뭘 보고 그렸느냐, 무슨 도구로 그렸느냐 등등 그림과 관련해서만 물었다. 아무래도 주객전도 같았지만 허허, 주객이 전도되면 뭐 어때. 손님이 주인 행세도 좀 할 수 있지, 살다 보면.

모보다는 개

내가 대학원 과제를 해내는 방식은 항상 동일하다. 막대한 시간을 투자해 양을 덧대고 질을 끌어올려 정수를 남긴다. 양적 팽창이 질적 성장을 담보하리라 믿으며 우선 양으로 몰아친다. 요즘 말로 '양치기' 한다는 표현을 세련되게 구사해 보았다. 양적 팽창! 질적 성장!

나는 벼락치기도 하지 않는다. 벼락치기로 무엇을 성공해 본 경험이 없다. 전날 밤을 꼴딱 새우고도 시험만 잘 치던 친구들과 달리 나는 매번 망했기 때문이다. 벼락치기는 알던 것도 모르고 모르는 것도 모르는 무아지경의 상태로 나를 몰고 갔다. '모 아니면 도' 같은 벼락치기 방식이 내게 통하지 않는다는 걸 깨닫고 나서부턴 아예 모도, 도도 시도하지 않게 되었다. 개걸개걸윷윷개걸 하며 나만의 속도로 나아가기로 했다. 매일 개를 던지고 걸을 던지며, 어쩌다 만날 윷에 기뻐하며.

예고 시절 미술학원에서도, 아나운서 수험생일 때도, 캐나다 유학을 준비하면서도 마찬가지였다. 종종걸음으로 걸어야 하다 보니 항상 일찍 준비하고 시작했다. 나처럼 지극히 평범한 수준의 능력을 가진 사람은 부지런하기라도 해야 하고 성실하기라도 해야 하니까. 어제는 개를 던졌고, 오늘은 걸을 던졌으나, 내일은 아마도… 또 개가 나오겠다며 묵묵히 가던 길을 걸었다. 두 칸이라도 앞으로 나아가는 게 좋았다.

그렇다고 뒤처진 적은 없었다. 모 아니면 도로 사는 인생보다 종종 빠르기도 했다. 모 아니면 도로 사는 인생보다 말판에서 멈추고 머무르는 시간이 많아 더 깊어졌을지도 모르겠다. 글을 쓰는 지금도 개를 던지는 중이다. 하지만 이 책은 윷이면 좋겠다. 근데 걸이겠지. 아니면 개려나? 무엇이든 괜찮다.

멈추고 머무르는 시간이 많으면 빠르진 않아도 깊어질 테니까.

열등감의
종이를

찢어 버렸다

온전히 인정해야 다음이 있어

부끄러움과 민망함은 아무리 반복되어도 익숙해지지 않는다. 적응할 수 없다. 또 수업 시간에 엉뚱한 소리를 해 버렸다. 캐나다에서 보내는 시간이 길어질수록 우는 날보다 웃는 날이 더 많아진 건 확실하지만, 누군가의 여느 일상이 그러하듯 멀쩡하다가도 어떤 날은 바닥까지 내려간다. 또다시 초라한 기분이다.

수업을 마치고 집에 돌아와 침대에 벌러덩 누웠다. 시간이 쏜살같이 흐른다면 얼마나 좋을까. 언제 이 유학이 끝날까. 미쳐 버리겠네, 진짜.

지인에게 전화를 걸었다. 미국 코넬 대학교에서 회계학 박사 과정을 밟고 있는 분이었다. 갑자기 전화를 걸 만큼 친하진 않았지만 앞서 걸어가는 이의 조언이 간절했다. 어떤 때는 나도 누군가에게 그런 사람이었겠거니, 오랜만의 연락을 애써 정당화하고선 카카오톡에서 보이스톡 버튼을 눌렀다. 형식적인 짧은 안부 인사를 주고받고선 다짜고짜 어려움을 토로했다. 민망함과 부끄러움에 익숙해질 수 없고, 일보전진을 위해 이 보 후퇴하는 이 상황을 어찌해야 하느냐고 물었다.

우선 인정해. 인정해야 다음이 보여. 그래야 전략이 생겨. 인정하지 않고 자존심만 붙들고 있는다고 해결되는 건 아무것도 없어.

반드시 인정부터 해야 한다고 하셨다. 못한다는 사실과 뒤처지고 있는 현실을 온전히 인정하라고 몇 번이나 힘주어 강조하셨다. 자꾸만 자존심을 세우지 말고, 자신의 위치를 객관적으로 인지하고 인정하라고 하셨다. 그래야 그다음 전략이 생기고, 그래야 다음 한 걸음을 나아갈 수 있다고.

나도 비슷한 걸 겪었어. 코넬에 똑똑한 애들 다 모아

났다는데 궁금하더라고. 기대감을 안고 첫 수업에 들어갔는데 예상대로 서로 손을 들고 말을 낚아채고 반박하는 분위기에 많이 위축되더라. 그런데 바로 인정했어. 내가 졸업할 때까지 모국어가 영어인 얘네들보다 말을 잘할 수는 없겠구나. 하지만 성적과 학위는 말로 따는 게 아니라 글로 따는 거잖아. 어차피 성적을 매길 때 작문 배점이 반 이상이니까, 차라리 글에 집중하자고 전략을 짠 거지. 지금까지 꽤 유용해. 결국 성적은 내가 더 잘 나오거든. 나도 살면서 여러 시행착오를 겪으며 깨달은 건데, 어떤 상황에서든 우선 인정해야 해.

들고 보니, 나는 살면서 뭘 제대로 인정한 적이 없었다. 물론 겉으로는 모두를 존중하며 조화롭게 지냈지만, 내가 못나 보였던 장면마다 속으로는 어떻게든 스스로를 추켜세우려 갖은 애를 썼다. 100m 달리기에서 꼴등을 해 놓고 그래도 나는 오래달리기는 잘한다는 식의 위로를 일삼고 살았다. 나의 한계와 약점을 충분히 인정한 적도, 그 인정을 바탕으로 어떻게 발전할 수 있을지, 이런 나를 어떻게 데리고 살지 고민해 본 적도 없었다.

그렇게 산 시간이 15년이었다.

스물네 살의 나

우리 집 기둥이 뽑히겠다는 상투적인 표현이 전혀 상투적이지 않은 의미로 아빠의 입 밖으로 튀어나왔을 때부터 다음은 없었다. 스물네 살의 나는 반드시 그해에 뭐가 되어도 되어야 했다. 아나운서 시험을 준비한 지 1년 남짓, 응시하는 시험마다 번번이 고배를 마실 때였다.

그러던 어느 날, 아빠가 대뜸 정말 이 길뿐이냐고 물으신 것이다. 1년 내내 1차 카메라 테스트도 통과하지 못한 나의 가능성에 큰 물음표가 찍혔을 것이다. 5차에 걸친 입사 시험에서 매번 첫 번째 산도 넘지 못하고 있으니 말리고 싶으셨을 것이다. 그리하여 그 상투적이고 뻔한 표현, 집 기둥이 뽑히겠다고 말씀하셨던 것이다. 자취방 월세에 생활비와 학원비, 그때그때 찍어야 하는 아나운서 프로필 촬영비에 의복비, 공채 시험이 있을 때마다 들렀던 강남 메이크업 숍 비용까지 다 아빠 돈이었다. 기둥은 정말 뽑히고 있었다.

아빠는 내게 지역권 아나운서에 지원하라고 하셨다. KBS는 전국권과 지역권으로 나누어 아나운서를 뽑는다. 사람들이 알아보는 유명 아나운서들은 모두 전국권 아나운서

들이다. 지역권 아나운서들은 말 그대로 해당 지역에 나가는 방송만 맡아 진행한다. 전국권이 400:1의 경쟁률을 기록할 때 보통 지역권은 100:1 정도의 경쟁률을 기록한다. 하향 지원의 성격이 강하다. 합격 확률은 높아진다.

접수 마지막 날까지도 마우스에 손을 올려 둔 채 클릭하지 못했다. 원하던 길이 아니어서 차마 접수할 수 없었다. 하지만 내 인생에 단 한 번도 감 놔라, 배 놔라 한 적 없던 아빠의 말씀을 거역하고 싶지 않았다.

그런데 너 100:1은 뚫을 수 있니? 어차피 떨어질 텐데 뭐. 지역권도 합격하지 못할 것이라는 자기 합리화를 하고서야 접수 버튼을 누를 수 있었다. 딸깍. 내 인생이 결정 나는 소리가 들렸다. 내 삶 전체가 열등감의 소용돌이에 휘말리는 소리는 듣지 못했다. 예상과 다르게 나는 100:1의 경쟁률을 뚫었다.

처음부터 한계가 정해져 있는 자리였다. 최선을 다해 맡은 임무를 해냈지만, 아무리 최선을 다해도 맡을 수 있는 방송의 가짓수는 정해져 있었다. 지역방송의 특성상 하루에 송출할 수 있는 방송 시간이 한정적이기도 했고, 새로운 시도를 할 만한 인력과 예산이 없기 때문이기도 했다. "우리는 지역이잖아."라는 자조 섞인 말이 따라붙는 방송환경에 장사가 없어 보였다. 집단적으로 스스로의 한계를 규정짓는 일은 때로는 현실을 현명하고도 정확하게 바라보는 눈이었고, 때로는 서글픈 일이기도 했다. 심장을 하얀 명주실로 꽁꽁 싸맨 듯한 기분으로 회사에 다녔다. 회사 인사제도는 신라 시대 골품제와 다르지 않아 보였다. 진골은 어떻게 해도 진골이었고 지역권은 어떻게 해도 지역권이었다.

열등감은 시간이 지날수록 구체적이고 명료해졌다. 본사의 동료 아나운서들이 눈물 나게 부러웠다. 지금껏 나는 해본 적 없고 앞으로도 경험할 리 없는 방송을 진행하는 그들이 부러웠다. 그런데 그게 부럽다는 말은 또 지는 것 같아 입밖으로 꺼내지 않았다. 나도 될 수 있었다고, 그 자리에 설 수 있었다고 생각했다. 하지만 그 생각도 입 밖으로 꺼내진 않았다. 단 한 번도 내 자리를 온전히 인정하지 않았다.

나는 열등감을 하얀 A4 종이를 반으로 접고 다시 반으로 접어 깔끔하게 각이 맞아떨어진 납작한 직사각형 모양으로 만들어 주머니에 넣고 다녔다. 어떤 옷을 입든 주머니엔 열등감이 들어 있었다. 가끔 스스로가 근사해 보이는 날에는 주머니 안에 뭐가 있는지 관심도 없었지만, 스스로가 한없이 초라한 날에는 기어코 주머니 속 그 종이를 펼쳤다.

길거리를 지나가는 사람들의 주머니 속에도 저마다 열등감을 꼭꼭 접은 종이가 들어 있을 것이라는 사실만이 위로가 되던 날들이었다.

한참이나 모자라지만 괜찮아

캐나다까지 와서야 나는 비로소 15년 전에 납작하게 접어 둔 종이를 꺼내 보았다. 내 열등감을 열어 보았다. 진작 버릴걸. 진작에 인정했어야 했다. 부족했다고. 나의 선택이었다고. 이곳이 내 자리라고. 온전하게 인정했다면 전혀 다른 미래를 그렸을지도 모르겠다. 당시에 누릴 수 있던 것들을 더 온전히 누렸을지도 모르겠다. 《지금 알고 있는 걸 그때도 알았더라면》이라는 책 제목은 아무리 생각해도 끝내주게 잘 지었다.

전화를 끊고 해가 지고 밤이 지나 새벽이 되어서야 나는 비로소 내려놓았다. 나의 부족함을 진심으로 인정했다. 책날개의 저자 소개에 해외에서 석박사 학위를 취득했다고 담백하게 쓸 수 있는 사람들과 나는 다르다. 나는 한참이나 모자라다. 여기서 영어로 공부하는 게 기적인 수준이다.

온전히 인정하고 나니 정말 길이 보였다. 일주일에 몇 시간, 수업에 들어가 우물쭈물하는 순간들에 큰 의미를 두지 않기로 했다. 시간과 공을 충분히 들일 수 있는 작문 과제에 올인하기로 했다. 영어 문법에 대한 집착도 내려놓았다. 문장이 좀 어색할 순 있겠지만 탄탄한 기승전결 구조, 풍부한 사례 제시로 승부를 봐야겠다고 전략을 세웠다. 내 위치를 인정하고 할 수 있는 걸 하자고 마음먹으니, 다음 수업 시간에 들어가는 발걸음이 그렇게 가벼울 수가 없었다.

다시는 바보 같은 시간들을 보내지 않을 것이다.
인정하고 배우고, 인정하고 나아가기도 바쁘다.
주머니 속에 있던 종이를 찢어 버렸다.

귀국하고 나서 방송국 입사 동기들을 만났다. 소주 몇 잔을 기울이다가 기술직에 근무 중인 한 동기가 들려준 이야기.

"겨울 아침에 생방송 중계를 하러 현장에 나갔는데 아나운서는 카메라 앞에서 마이크를 잡고 서 있고, 피디는 따뜻한 중계차 안에서 디렉팅을 하는데, 밖에서 목장갑을 끼고 전선을 정리하는 내가 너무 초라해 보이는 거야. 모두가 주인공인데 왜 나는 백업 멤버 같지? 서글프더라. 그 마음이 꽤 오래갔어. 그런데 몇 년의 시간을 보내고 나서야 알겠더라고. 역할이 달랐던 거야. 그때 내 역할은 방송 사고 없이 뉴스를 송출할 수 있도록 현장에서 발생 가능한 기술적 사고를 예방하는 일이었는데…. 중요한 일이잖아."

그의 주머니에도 납작하게 접힌 하얀 종이가 들어 있었구나. 아마 그도 내 주머니에 무엇이 들어 있는지 몰랐겠지.

몸만 돌려 뒤를 보면 해가 나를 비추고 있는데, 그 빛을 등지고 서서 그림자만 보고 산 시간들이 아깝다고 했다. 그렇게 청춘이 흘러가 버렸다고 했다. 그 친구와 나의 주머니는 이제 비었다.

기꺼이 뒤를 돌아 해를 보고 살 것이다, 남은 인생은.

삶의 모양을

바꾸는
것들

도시락은 하루에 두 개씩 싸셔야 합니다

매일 아침 두 아이의 도시락을 싼다. 볶음밥, 샌드위치, 치킨, 주먹밥, 김밥, 파스타, 햄버거 등을 메인으로 준비하고, 두 가지 이상 과일을 먹기 좋게 썰어 통에 담는다. 100% 착즙 과일 주스를 텀블러에 넣고 크래커나 단백질 바도 챙긴다. 캐나다의 초등학교에서는 일과 중 식사 시간이 두 번 있기 때문에 그에 맞춰 음식들을 나누어 담는다.

도시락을 싸는 데 걸리는 시간은 고작 20분 남짓이지만 준비 과정부터 따지면 결코 간단한 일이 아니다. 주말마다 일주일 치 도시락 식단을 계획하고 장을 봐 둬야 한다. 전날 저녁에 미리 밑 작업을 해 놔야 할 때도 종종 있다. 치킨은 전날 닭에 밑간을 해 두었다가 다음 날 아침에 에어프라이어로 조리하고, 김밥을 쌀 경우엔 달걀지단, 소고기볶음 등 속 재료를 미리 준비해 두어야 한다.

매일같이 아침과 점심을 동시에 준비하는 건 보통 일이 아니다. 1년에 한두 번 소풍 도시락을 쌀 때는 몰랐다. 문어 모양 소시지와 병아리 모양 메추리알을 만들어 낼 때는 그저 즐거웠다. 하지만 이제는 전혀 즐겁지 않다. 같은 일을 반복하면 꽤 쉬워질 법도 한데 매번 어렵다. 하기 싫은 일은 원래 쉬워도 어렵다. 양육자로서 성장기 아이가 끼니를 거르게 하면 안 된다는 책임감으로 하는 일일 뿐이다.

매일 아침 두 개의 도시락을 싸고 매일 오후 두 개의 도시락을 설거지하면서 한국의 무상 급식이 얼마나 훌륭한 제도인지 생각한다. 나라에서 적어도 평일 한 끼, 학령기 아이들에게 영양학적으로 균형 잡힌 식단을 제공한다는 것은 그 자체만으로도 훌륭하다. 아이들 가정의 경제적 형편과 상관없이 하루 한 끼만큼은 무료로 나라에서 밥을 준다니, 다시 생각해도 참말로 훌륭한 제도가 아닐 수 없다.

하지만 급식의 가장 훌륭한 점은 따로 있다. 급식은 아이를 키우는 세상의 모든 부모들에게 매일 아침 도시락 싸는 시간만큼의 자유 시간을 보장한다. 안 그래도 바쁜 아침에 도시락까지 싸느라 동동거리지 않아도 된다는 건 많은 의미를 내포하고 있다. 부모들이 아침에 조금이라도 늦잠을 잘 수 있다. 부모들이 아침에 도시락을 싸는 데 드는 에너지를 비축할 수 있다. 그리고 이는 부모 개인이 다른 일에 에너지를 투자하도록 이끈다.

그뿐만 아니라 무상 급식은 부모들과 자녀들에게 비교적 평온한 아침도 선사한다. 한국에서의 아침은 캐나다와 비교할 수 없을 정도로 여유로웠다. 아이들에게 간단히 아침을 차려 주고 나서 커피를 내리고 아이들 옆에 앉아 함께 수다를 떨었다. 대부분의 하루를 그렇게 시작했다. 우리는 함께 웃었다. 캐나다에서는 아이들만 웃는다. 나는 있는 대로 미간에 힘을 준 채 부엌에서 씩씩거린다. 아침이 행복하지 않다. 캐나다에 와서 그간 당연하게 여겼던 일들이 당연하지 않았다는 사실을 깨닫는다.

단언컨대 무상 급식은 한국의 가장 우아한 정책이다.

스쿨버스를 지나치면 벌금 200만 원입니다

아이들을 데리러 학교에 가는 길이었다. 마지막 좌회전을 앞두고 신호를 기다리고 있는데 사이렌 소리가 들렸다. 내 뒤에 서 있는 경찰차에서 사이렌 소리와 함께 무어라 무어라 말소리가 나오고 있었다. 나에게 하는 소리인 줄 몰랐다.

그런데 경찰이 차에서 내려 나에게 걸어왔다. 순간 영화에서나 보던 "풋츄어핸섭Put your hands up!" 장면이 떠올랐다. 설마 권총을 겨누는 건 아니겠지. 웃기지만 진짜 그런 상상을 했다. 캐나다에 와서 왜 이렇게 쫄보가 되었는지 모르겠다.

누구보다 재빨리 양손을 들어 올리려고 준비 중이었는데, 경찰은 다짜고짜 왜 정차해 있던 스쿨버스를 그냥 지나쳤느냐고 물었다. 스쿨버스가 빨간불을 깜박이면 무조건 멈춰 서야 한다고 단호하게 나를 다그쳤다. 그런 적이 없었다. 스쿨버스 자체를 보지 못했다. 웃기지만 이 말을 설명하는 과정에서 일부러 영어를 못했다. 원래 못하지만 더 못했다. 왠지 모르게 그에게 어설프게 보이고 싶었다. 본능이었다. 아, 진짜 쫄보.

경찰은 운전면허증을 조회해 보더니 캐나다에 온 지 얼

마 되지 않아 법을 몰랐을 수 있겠다며 봐주겠다고 했다. 봐줄 게 없기에 뭘 봐주는지는 몰랐지만 우선 봐주는 건 어쨌든 땡큐니까, 땡큐.

하지만 의아했다. 경찰의 말대로 내가 정말 법을 어겼다면 봐줘도 되는 걸까? 경찰의 임의적 판단에 따라 위법을 저지른 사람에게 벌금을 부과하기도 하고 봐주기도 할 수 있나? 그렇다면 공정하다고 할 수 있을까? 우리나라였다면 누구는 봐주고 누구는 안 봐준다며 난리가 나지 않을까? 생각은 꼬리에 꼬리를 물고 이어지는데, 우선 내가 벌금을 안 냈으니 이러나저러나 다시 한번 땡큐.

다음 날 아침, 아이들이 스쿨버스를 탈 때 유심히 관찰했다. 버스가 서서히 멈춰 서고 빨간불이 깜박이니 양방향에서 달리던 모든 차들이 일제히 멈췄다. 아무도 움직이지 않았다. 그 누구도 경적을 누르지 않았다. 빨간불을 끄고 버스가 다시 출발하니 그제야 일제히 다른 차들도 함께 출발했다. 실로 놀라웠다.

떠나는 스쿨버스의 뒤꽁무니를 보고선 더 놀랐다. 빨간불이 깜박일 때 스쿨버스를 지나칠 경우 벌금이 최대 2,000

불이라고 쓰여 있는 게 아닌가. 2,000불이면 한국 돈으로 200만 원. 아이들이 스쿨버스를 타고 내릴 때 차를 멈추지 않으면 200만 원이라니. 그럼 나 그때 200만 원 낼 뻔한 거야? 어떤 이유에서든 또 땡큐.

매력적인 나라가 아닐 수 없다. 관용과 여유가 흘러넘치면서도 아이와 안전에 대한 제도는 무서우리만큼 과격하다. 200만 원이라니. 캐나다에 와서 당연한 일들이 당연하지 않았다는 사실을 또 깨닫는다.

스쿨존 제한 속도를 시속 50km에서 30km로 낮췄을 때 아이들 안전만 생각하고 운전자는 고려하지 않냐고 목소리를 높였던 우리네 모습이 떠오른다. 참고로 캐나다의 스쿨존 제한 속도는 시속 20km다.

병원비는 무료입니다

아이 팔이 부러져 수술하자마자 오밤중에 강제 퇴원했을 때 간호사에게 물었다. 병원비를 어디서 내야 하느냐고. 간호사는 머뭇거리며 대답하지 못했다.

캐나다는 무상 의료 제도를 실시한다. 치료가 끝나면 그냥 집에 가면 된다. 그 사실을 알지 못했던 나는 수납처를 찾았고, 그걸 모를 리 없다고 생각한 간호사는 내 말을 이해하지 못했다. 물론 나는 외국인 신분이라 무상 의료가 적용되지 않기에 학교에서 제공하는 의료 보험 혜택을 받았지만, 캐나다 국민은 누구나 무상 의료 혜택을 누릴 수 있다.

무료라니, 멋지지 않은가. 하지만 실상을 겪어 본 사람으로서는 고개를 갸우뚱하게 된다. 여기선 의사를 만나는 게 하늘의 별 따기다. 약국에서도 기다림은 이어진다. 한 번은 처방전을 냈더니 두 시간 있다가 약을 찾으러 오라고 한 적도 있다.

단돈 몇천 원에 병원을 골라 진료를 받고, 처방전을 들고 약국에 가면 늦어도 3분 41초 안에 약을 받는 나라에서 살다 온 나로서는 캐나다의 의료 시스템이 여간 불편한 게 아니었다. 한 건물에 소아청소년과부터 산부인과, 안과까지 입주해 있던 소위 메디컬 빌딩으로 불리는 그 건물이 그토록 그리울 줄 몰랐다. 약국이 일 층에 있는 것도, 그리고 그 약국 옆에 있는 작은 커피숍에서 단돈 1,500원에 아이스 아메리카노를 마시던 것도.

모든 과정 자체가 너무 번거롭고 느리다 보니 웬만큼 아픈 게 아니면 의사를 만나러 가지 않았다. 한 한국 교민은 심각하게 피부가 뒤집어져 일상생활이 불가능할 만큼 온몸에 진물이 난 적이 있는데, 피부과 진료 예약이 2주 뒤로 잡히는 바람에 고통 속에 버티다가 자연 치유되었다는 이야기를 들려주었다. 극심한 고통을 참을 수밖에 없게 만드는 캐나다 의료 시스템의 폐해를 지적해야 할지, 결국 그로 인해 약 없이 자연 치유할 기회를 얻은 것에 감사해야 할지 또다시 고개를 갸우뚱하게 된다.

　　캐나다의 약국이 대형 마트처럼 크고 약 종류가 셀 수 없이 많은 데는 다 이유가 있었다. 나는 캐나다에 와서 다양하고도 심오한 진통제의 세계를 만났다. 등이 아플 때 먹는, 머리가 아플 때 먹는, 잘 때 먹는, 너무 심각하게 아플 때 먹는, 감기 증상이 있을 때 함께 먹는, 부비동염이 있을 때 먹는, 잠이 잘 오지 않을 때 먹는, 8시간 동안 통증이 완화되는, 24시간 통증 완화를 보장하는, 알약으로 먹는, 시럽으로 먹는, 젤리로 먹는 진통제가 있었다.

　　이러한 문화가 캐나다 의료 시스템과 무관할 리 없다. 의사를 만나기 전까지 아픈 건 스스로 알아서 어떻게든 해결해야 하니까. 한국에선 너무나도 당연했던 일들이 사실은 당연하지 않았다는 사실을 또 깨닫는다.

아니, 이 좋은 캐나다를 왜 떠나세요?

석사 학위를 따면 3년 동안 캐나다에 머무를 수 있는 비자가 자동으로 발급된다. 늘 인력난을 겪는 캐나다가 외국인 거주를 유도하기 위해 만든 정책이다. 고급 인력이 캐나다에 남아 일자리를 찾을 충분한 시간을 주겠다는 의도가 담겨 있다. 미안하다. 내 입으로 방금 스스로를 고급이라 칭했다.

때문에 외국인 동료들로부터 학위를 따고 캐나다에 남을 것이냐는 질문을 심심찮게 받았다. 그때마다 나는 단호하게 한국에 돌아갈 것이라고 대답했다. 그러면 그들은 눈을 동그랗게 뜨고 이렇게 좋은 캐나다를 왜 떠나느냐고 되묻곤 했다.

나야말로 되묻고 싶었다. 혹시 한국에 살아 보신 적이 있나요? 새벽배송이 있고, 나라에서 무료로 아이들에게 양질의 한 끼를 제공하며, 언제든 의사를 만날 수 있는 나라. 아아, 대한민국! 아아, 우리 조국! 응급실에서는 정말 응급으로 환자를 진료해 준다니까요!

하지만 그러면서도 동시에 스스로에게 되묻지 않을 수 없었다. 안전보다 효율을 따지고, 아이들의 행복에 관심을 기울이지 않는 나라. 누군가의 희생을 반석 삼아 편리해진 나라. 아름다운 자연이 있는 곳마다 누구의 취향인지 알 수 없는 음악을 시끄럽게 틀어 놓는 나라. 그 나라가 정말 좋으냐고.

마당이
있는

집

마당에서 아침을 먹기로 했다. 캐나다산 메이플 시럽을 듬뿍
뿌린 팬케이크, 블루베리를 듬뿍 올린 플레인 요거트, 써니
사이드업 달걀프라이. 대충 이것저것 챙겨 주고 마지막으로
커피를 내려 마당으로 나간다. 마당에서 아침을 먹는 일은
아무래도 내 평생 캐나다에서만 누릴 수 있는 호사일 것 같
아 열심히 누리는 중이다.

아침밥을 다 먹자마자 아이들은 마당 잔디밭에 돗자리를
깔았다. 벌러덩 눕더니 독서를 시작한다. 책을 읽다가 하늘
을 보더니, 또 하늘을 보다가 다시 책을 읽는다. 나도 평온한

독서 바이브에 동참하고 싶어 안으로 들어가 《소로의 문장들》이라는 책을 들고나왔다. 캐나다에 머문 시간 내내 품고 산 책이다. 어떤 연유로 이 책이 캐나다까지 와 있는지는 기억나지 않지만, 북극해를 넘어 데리고 온 책 중에 제일 마음에 든다. 《월든》의 저자 헨리 데이비드 소로가 쓴 글들을 여러 주제에 맞추어 정리했는데 오늘은 이런 이야기를 만났다.

우린 지상에서 보낸 날들의 수만큼 사는 게 아니라 우리가 즐긴 날들만큼 사는 것이다. p.156

바짝 말린 무화과를 입안에서 오물거린다. 청설모 한 마리가 마당을 분주하게 뛰어다닌다. 살랑이는 바람에 맞추어 울타리 너머 심겨 있는 나무 잎사귀들이 서걱이는 소리를 낸다. 루크네 집에서 새어 나오는 쿠르드어 소리도 작게 들린다. 아마 이제 아침 식사를 시작하나 보다. 이 소리를, 이 햇살을, 잊을 수 없을 것만 같다.

책을 읽던 아이들이 벌떡 일어나더니 이제 캐치볼을 하고 싶다며 야구공과 글러브를 들고나왔다. 아홉 살 난 아이들은 한순간도 쉬지 않고 아이답다. 집중력이 참 짧아. 아이들은 또 신나게 마당을 뛰어다니고, 나는 빈 돗자리 위에 벌러덩 누워 버렸다.

내가 가졌던 근사한 세상

살면서 가장 행복했던 시기를 떠올리라면 주저 없이 아홉 살의 내가 떠오른다. 그 시절, 나는 경기도 연천군의 한 부대 안에 살았다. 어른들은 내가 사는 곳을 최전방이라거나, 민통선 안이라거나, 엎어지면 코 닿을 곳에 북한이 있는 동네라고 말하곤 했지만 아홉 살 어린이는 아무래도 상관없었다.

그곳에선 봄날의 민들레 홀씨가 함박눈처럼 내렸고, 한겨울의 함박눈은 민들레 홀씨처럼 내렸다. 밤하늘의 별은 땅으로 쏟아질 것만 같았고, 달빛이 너무 밝아 그 빛만으로도 손잡고 걷던 아빠의 얼굴을 볼 수 있었다. 풀잎을 따다 풀피리를 불고, 토끼풀을 엮어 매일 새로운 반지와 목걸이를 만들었다. 숭어가 뛰듯 여기저기를 펄떡이며 뛰어다녀도 끝이 없었다. 산과 들과 천이 모두 내 것이었다.

집에 책 한 권이 없었다. 책이 없으니 공부를 할 수도, 또할 필요도 없었다. 그래도 반에서는 매번 1등이었다. 나는 우리 반에서 유일하게 한글을 읽을 줄 아는 아이였다.

하루에도 여러 번 대포 소리에 집 천장이 흔들렸다. 어디선가 또 군인 아저씨들의 훈련이 시작된 소리였다. '쿵' 하는 소리가 나면 천장에 매달린 하얀색 형광등 줄도 달랑달랑 같이 흔들렸다. 가끔 우리 집에 머물다 가셨던 외할머니는 대포 소리가 날 때마다 매번 놀라며 어떻게 이 집에서 살아가느냐고 물었지만, 그럴 때마다 나는 아무렇지 않다며 눈을 동그랗게 떴다. 그 순간만큼은 스스로가 너무 대견해서 참을 수가 없었다. 하루도 빠짐없이 놀다 지쳐 잠들었고 다시 해가 뜨면 지칠 때까지 놀았다. 매일 오늘이 가장 신나는 날이었다. 참으로 살맛 나는 인생이었다.

정확히 30년이 흘러 나와 똑 닮은 아홉 살 난 아이들이 그때의 나처럼, 숭어처럼 내 앞에서 펄떡이며 뛰어다닌다. 그 시절의 빛나는 아름다움을 너희에게도 물려준 걸까. 공을 주고받던 아이들이 이제는 고삐 풀린 망아지처럼 경중경중 뛰어다니더니 종이비행기를 접어 날린다.

내가 나에게 참으로 근사한 선물을 주었다. 살면서 가장 행복했던 시기를 떠올리라면 아마 앞으로 나는 지금의 시간도 함께 떠올릴 것이다. 나의 아홉 살의 시간과 너희들의 아홉 살의 시간을.

초등학교 6년 동안 다섯 개의 학교에 다녔다. 1학년은 옥계초
등학교, 2학년은 왕산초등학교, 3학년은 양지초등학교, 4학년은
문백초등학교, 5학년과 6학년은 수영초등학교.

경기도 연천군 옥계리에서 입학해 부산시 수영구 광안 1동에서
졸업했다.

싫지 않았다. 새로운 동네에 대한 설렘도 좋았다. 호기심이 많
은 어린이는 새로운 세상, 새로운 사람을 탐색하는 게 늘 즐거웠다.
같은 17평 군인 아파트지만 지역에 따라 조금씩 다른 구조를 탐색
하는 것 또한 재밌었다. 직업 군인인 아빠가 자랑스러웠다. 아빠가
나라를 지키는데 이 정도쯤이야…. 잦은 이사는 나에게 훈장과도
같았다.

그러나 버거웠다. 친해질 만하면 헤어져야 했던 친구들, 동네
이웃들. 이별은 익숙해지지 않았다. 전학 첫날은 항상 누구랑 도시
락을 먹어야 하는지에 대한 고민으로 가득했다. "너는 전학 와서
좁쌀이니까 꺼져."라고 했던 한 아이의 이름은 아직도 생각난다.
엄마는 이사가 지긋지긋하다고 했다.

자랑스러우면서도 버겁고, 설레면서도 낯설었던 날들. 환영받으면서도 외롭고, 고달프면서도 행복했던 날들. 그 시간들을 어떻게 정리해야 하는지 모르는 채 지내다가 열아홉 살, 대학 입학 자기소개서에 첫 문장을 쓰면서 깨달았다.

"다양한 곳에서의 특별한 경험, 그것은 저에게 자연스럽게 주어진 특권이었습니다."

특권이었다. 봄마다 민들레 홀씨가 함박눈처럼 내리는 걸 본 것도. 매일 밤 쏟아지는 별들 아래 뛰어다닌 것도. 학교 가는 길에 산딸기를 모조리 따 먹는 바람에 지각한 것도. 민통선 인에 산 것도. 우리나라 최북단과 최남단에 살아 본 것도. 모두 특권이었다. 이런 시간들을 통해 광활한 우주가 내 안에 만들어졌다고 믿었다.

그래서 캐나다도 갈 수 있었다. 한 번도 가 본 적 없고 아는 사람도 없었지만 두렵지 않았다. 사람 사는 곳은 다 똑같고, 적응이야 하면 되는 것이라는 사실을 알고 있었으니까.

주저하지 않고 캐나다까지 올 수 있었던 용기는 그간 내게 자연스럽게 주어졌던 특권 덕분이었다.

내 노력은

나만
아니까

할 일은 그냥 하는 거야

목이 붓고 열이 난다. 아플 때가 됐는데 용케도 잘 버티고 있다고 생각하던 참이다. 무리했다. 그렇다고 무리를 안 할 수도 없었기에 몸을 혹사했던 지난날을 탓하진 않는다. 그냥 아플 때가 된 것이다. 꼭 한 번을 앓아야 학기가 끝난다. 감기 몸살에 소화 불량, 근육통, 두통, 기침, 콧물 등 온갖 증상이 돌아가며 발현되더니 급기야 닷새간 목소리를 잃었다.

엎어진 김에 누워 버리는 게 전문이라 냅다 퍼질러 누우려고 했지만 과제 걱정에 그럴 수가 없었다. 중간 과제를 제출해야 했다. 미래의 노동환경은 어떻게 변할 것인지 예상하는 글을 써야 했다. 지금 내 앞가림도 못 하는 판국에 어찌 소인에게 노동의 미래까지 점치라 하시나이까. 미래고 자시고 아팠다.

오늘까지만 쉬어야지 하면서 쉬어 버린 지 사흘째 되던 날이었다. 온갖 합리화로 정신 승리를 하며 유튜브를 보고 있는데 정신이 번쩍 드는 영상이 하나 떴다. 이 정도면 알고리즘 신을 숭배해야 할 판이다. 변호사 전효진이라는 분이 본인이 어떻게 사시 공부를 했는지 회고하는 영상이었는데 요약하자면, 아파도 공부하고 남자 친구와 이별해도 공부하고, 하기 싫어도 하고, 감정과 상관없이 할 일을 해냈다는 이야기였다. 도서관에 앉아서 책을 보는데 턱 밑으로 눈물이 뚝뚝 떨어지기에 그 눈물을 닦아 가며 공부를 했단다. 나였으면 바로 책을 덮고 친구 하나 불러서 노가리에 맥주 마시러 나갔을 텐데. 사람은 인간미가 있어야 하건만.

따라 해 보기로 했다. 무거운 몸을 이끌고 책상 앞에 앉았다. 논문을 읽었다. 미래의 노동환경이 어찌 된다는 말인가. 역시나 암울하다. 로봇이 등장하고 불평등은 더 심화할 것이며 결국 기본소득이 등장할 수밖에 없다는 이야기가 주를 이뤘다. 그나마 긍정적인 논조는 앞으로 일거리가 없으니 인간답게 삶을 누릴 수 있을 터라는 이야기였다. 전혀 인간답지 못한 모습으로 그 논문을 읽다가 코를 팽 풀어 버렸다. 진통제를 또 때려 넣을 시간이다.

몸이 이렇게나 열과 성을 다해 쉬라고 신호를 보내는데도 쉬지 않는 게 괘씸했는지 그길로 무려 보름이나 더 아팠다. 그래서 보름간 전효진 변호사 말대로 살았다. 아파도 할 일을 했다. 덕분에 중간 과제 데드라인을 기어코 지켜냈다. 지켜내지 않는다고 해도 점수가 조금 깎일 뿐이었지만, 38선 지켜내듯 지켜냈다. 허투루 하고 싶지 않았다. 매사에 진정성 있게 살고 싶었다.

웃기는 이야기지만, 과제를 제출하자마자 캐나다 한 구석의 조그마한 이층집 책상 앞에서 엄청난 프로페셔널이 된 기분을 느꼈다.

어이, 친구들. 나 봤어? 그렇게 아픈데도 과제를 해낸 나를 봤느냐고?

허허, 아무도 보지 못했지. 언제나 그랬듯 성취하는 과정도 성취해 낸 결과도 오롯이 나만 목격했다. 일 층으로 내려가 따뜻한 히비스커스차를 내렸다. 창밖을 보니 눈이 내린다. 또 눈이 땅에 잘 닿지 못한다. 바람이 거센 날이다. 얼마 전까지만 해도 화창한 가을날이었는데 갑자기 또 겨울이 왔구나. 골골거리던 사이에 계절이 바뀌었다.

문득 고독의 감정을 만날 때

그냥 잠깐 외롭고 말려던 마음이었는데 창밖에 펑펑 내리는 눈을 보니 고립감을 넘어 고독함까지 느껴야 할 판이다. 학기가 끝을 향해 달려갈 때마다 반복해서 느끼는 감정이다. 모든 시간과 공간에 아이들의 웃음소리가 촘촘히 박혀 있음에도 고독하다. 낯설지는 않다. 그곳에 당도하기 위해 마땅히 짊어지고 가야 하는 감정이라는 것쯤은 이제 안다. 중3 때 독서실 휴게실에서 혼자 육개장 사발면을 먹었을 때부터 느꼈던 감정이다. 커피 쿠폰에 열 개의 도장을 모으듯, 일정 개수 이상의 고독을 모아야 한다. 그럴싸한 미래를 만나려면 어쩔 수 없다.

나만 이러고 있진 않을 것이라고 괜히 나는 곳곳에 있을 법한 가상의 인물들을 지어내 본다. 아주 느슨하다 할지라도 막연한 연대감을 상상해 본다. 지나치게 고독할 때면 써먹는 방법이다. 미국 텍사스의 한 대학교 기숙사 방에서 한숨 쉬고 있을 한 한국인 남자 유학생의 막막함, 아이를 겨우 재우고 식탁 앞에 책을 펴고 앉았을 한 여성의 어깨에 올라탄 고단함을 그려 본다. 울지 않으려 이를 꽉 깨물었을 한 스타트업 사업가의 퇴근길 차 안을 상상한다. 어디엔가 존재할 것이다. 그리고 그곳에 당도하기 위해 겪어야 할 마땅한 고독을 감내하고 있을 것이다.

나도 그중 한 명이겠지 뭐.

입맛은 없지만 밥때가 되었으니 냉장고를 열었다. 아플 때일수록 잘 챙겨 먹기라도 해야 한다. 설렁탕을 해동해 밥을 말았다.

넷플릭스에서 〈스물다섯, 스물하나〉라는 드라마를 틀었다. 한국에서 대히트 중이라기에 이역만리에서도 유행에 동참하고 있다. 주인공인 펜싱 선수 나희도가 엄마는 왜 나를 응원해 주지 않느냐고 투덜대다가 말했다.

나는 날 위해서만 최선을 다할 거야.

내 노력은 나만 아니까.

아, 눈물이 흐른다. 아, 콧물도 흐른다. 곰국에 눈물이 뚝 뚝 떨어진다. 아무래도 상관없다. 어차피 후각과 미각을 상실한 지 오래라 무슨 맛인지도 모르고 먹던 중이었다. 그래, 내 노력은 나만 알지. 아프니까 참말로 서럽다.

별에게
맹세코
잘돼

늦었다는

이들에게

만학도의 산책

혼자가 되려고, 혼자 설 수 있는 사람이 되려고 나서는 게 산책이라는 말을 들은 적이 있다. 나가는 길에 신발을 신으면서, 산책을 마치고 돌아와 신발을 벗을 때는 내 마음이 어떨지 기대를 하곤 한다. 분명 지금보다는 평온하겠지. 무언가 시작하려고 하겠지. 산책은 걸음마다 나를 달래고 위로하다가 기어코 홀로 설 용기를 준다.

가장 후줄근한 신발을 신었다. 대자연의 나라 캐나다에 와서 집에 앉아 있는 일만큼 미련한 게 없을 터인데, 하루 종일 책상머리에 앉아 미련할 만큼 미련했으니 이제 나갈 참이다.

해밀턴은 폭포로 유명하다. 크고 작은 폭포가 도시 곳곳에 있다. 산책 마니아들에게 더없이 완벽한 동네. 오늘은 티파니 폭포를 보러 갈 예정이다. 폭포로 가는 여러 갈래의 길 중에 좀 멀리 돌아가는 코스를 선택했다. 날이 좋고, 마음이 심란해서 그렇다. 하지만 괜찮다. 돌아와 다시 신발을 벗을 때면 분명 괜찮아져 있을 테니 괜찮다.

근처 주차장에 차를 대고 야구 모자를 눌러쓰고 물통을 들고 길로 들어섰다. 왕복 두 시간 코스다. 자연에 경탄하는 것도 잠시, 걷자마자 삼라만상 오만 가지 생각이 나를 덮친다. 보통 가장 부정적인 생각부터 찾아온다. 그래서 첫걸음을 뗄 때는 한숨이 나온다. 북 리뷰를 하나 써야 하고, 논문 참고문헌 목록을 제출해야 하고, 발표 준비도 시작해야 한다. 한숨이 안 나올 수가 없다. 마음속으로 일의 우선순위를 정해 본다. 까먹을 듯한 생각들은 휴대폰 메모장에 메모를 남긴다.

주한이 물통 새로 구입.
튜터 만남 예약.
엄마 전화.

이미 쓰인 To do list 밑에 하나를 더 추가했다.

논문 참고문헌 목록 작업부터 시작할 것.

나이가 드니 잘 까먹는다. 돌아보면 생각나는 게 없어서 자꾸 메모장 앱을 열어 적어 두어야 한다. 내가 나이를 먹은 시기에 그래도 스마트폰이 상용화되어 얼마나 다행인지 생각해 본다. 예전 같았으면 주머니에 수첩과 펜을 넣고 걸었겠지. 아무 때나 생각을 받아 적어 둘 수 있는 기계가 주머니에 있다는 사실에 새삼 감사하다. 산책 중 내 뇌는 이런 식이다. 오토마티즘, 즉 자동기술법이다. 흘러가는 대로 생각하기도 하고 생각하는 대로 흘러가기도 한다. 과제에서 비롯한 불안한 마음은 스마트폰에 대한 감사함으로 이어졌다.

참고문헌 목록을 어디서부터 시작해야 할지 다시 걸음걸음마다 생각을 집중해 본다. 마르크스 이야기를 끌고 오는 건 너무 거창해서 용두사미 꼴이 될 것이 분명하고, 그렇다고 산업재해의 구조적인 이야기를 빼놓을 수는 없고. 아니, 또 그러다가 내가 언제 이렇게 성장해서 논문 걱정을 하고 있게 되었는지 새삼 대견하다. 역시 시간은 흐른다. 다시 한번 혼란스러울 독자들을 위해 말씀드리면, 여러분은 지금 산책하는 나의 뇌의 흐름을 따라가는 중이라고 거듭 설명 드린다. 좀 있어 보이게는 오토마티즘을 체험 중이시다.

유학의 끝에 다다랐다고 생각하니 처음이 떠오른다. 코로나 확산으로 첫 수업이 줌으로 진행되었었지. 그날 줌 화면 왼쪽 상단에 한 할아버지가 있었다. 그는 화면의 위치로 보나 외모로 보나 반드시 학과장이어야 했지만 대학원생이었다. 그 할아버지가 스스로를 graduate student라고 소개할 때 절로 미소가 떠올랐다. 진짜 힙하다고 생각했다. 그 할아버지는 논문을 썼을까? 박사 과정이었을까? 뭐 하고 계실까?

일부러 낡은 운동화를 신고 왔지만 그저께 비가 온 탓인지 운동화가 금세 진흙 범벅이 되었다. 걸을 때마다 진흙에서 신발 바닥이 떨어지며 쩍쩍 소리가 나는 게 거슬리지만 그냥 걷기로 한다. 조금만 더 걸으면 폭포에서 물 떨어지는 소리가 들릴 것이다.

만학도, 줏대 있는 사람

나는 만학도를 좋아한다. 만학도는 기본적으로 배움에 갈증이 있는 사람이고 또 줏대 있는 사람이다. 배움에 갈증이 있다는 건 타고난 향상심이 있다는 의미일 테고, 줏대가 있다는 건 스스로를 삶의 중심에 놓고 산다는 뜻이니 그보다 멋진 사람이 있을까. 그리고 무엇보다 지금 이 순간 내가 만학도이기 때문에 또 만학도가 좋다.

그러고 보니 늦어서 참 좋다. 늦게 시작했다는 건 엉겁결에 떠밀려 공부를 시작한 게 아니라는 방증이다. 스스로에게 묻고 또 물어 정녕 그 길이 맞느냐고 심사숙고한 끝에 선택한 길일 것이다. 쉬이 시작하지 않았기에 쉬이 끝맺지도 않을 것이다. 그래서 애 팔이 세 번이나 부러지고 매일 도시락을 싸면서도 이렇게 쉬이 끝맺지 않고 있다.

만학도들은 또 현실감각이 상대적으로 뛰어나다. 지금의 공부 뒤에 엄청나게 그럴싸한 미래가 없을 수도 있다는 것을 알지만, 그럴싸한 미래 때문에 이 길에 서 있는 것이 아니라 하루하루를 온전히 살아내는 것이 인생이기에 이 길에 서 있다는 사실을 잘 안다. 결과만 반짝이는 게 아니라 과정도 반짝이는 시간이라는 것 또한 알고 있다. 지금껏 살아 보니 결과가 반드시 행복을 보장해 준 건 아니었으니까.

아, 그리고 무엇보다 덜 조급하다. 조급하지 않겠다고 마음을 다스리려 애쓰는 나만 봐도 그렇다. 조급하면서 조급한 줄도 모르고 날뛰었던 청춘의 시절이 있었다. 양손에 뭘 가득 들고 뛰다가 자빠졌으면서 도대체 왜 자빠졌는지 몰라 헤매던 우매한 시기가 있었다. 그런데 이제는 그렇지 않다. 날뛰고 싶지도, 우매해지고 싶지도 않다.

만학도의 장점은 또 있다. 혼자 가는 것보다 함께 가면 더 멀리 간다는 사실을 알고 있다. 만학도 할머니가 새파랗게 어린 학생들을 경쟁자로 여기며 노트 필기를 보여 주지 않는 장면이 상상이나 되는가. 우리는 그저 배우는 것만으로도 좋다. 너도 잘하고 나도 잘하면 더 신날 뿐이다.

그리고 무엇보다, 나이 들어 공부하니 이렇게 산책을 다 나오지 않았는가. 후줄근한 옷을 입고 모자를 눌러쓴 채 도를 닦는 심정으로 이 대자연의 길을 걷고 있지 않은가. 청춘의 시기에는 단 한 번도 스스로 자연으로 나선 적이 없었다. 성실하면서도 나태한 삶을 사느라 그랬다.

늦게 시작하면 이렇게나 좋은 점이 많다.

바다에만 도착하면 됐지

그제 비가 와서 운동화는 진흙으로 엉망이 되었지만 폭포 물줄기는 시원하다. 넓적한 바위 위에 앉아 물멍을 시작해 본다. 확실히 불멍보다는 물멍이 좋다. 이 물은 흘러 흘러 강에 들렀다가 바다로 가겠지. 이 물줄기를 두고 그 누구도 늦었다고 말하진 않겠지. 그래, 누가 앞에 서든 뒤에 서든 무슨 상관이람. 기어코 바다에 도착만 한다면 이룬 것이거늘.

늦었다는 건 뭘까. 늦으려면 우선 기준이 있어야 한다. 세 시 약속이라는 기준이 있어야 세 시 십 분 도착이 늦은 일이 되는 것처럼 기준이 없으면 늦음도 이름도 존재하지 않는다. 그렇다면 세상이 말하는 늦음은 어떤 기준에서 비롯된 늦음일까. 10년 직장생활을 하다가 유학을 가면 늦은 걸까. 5년 동안 디자인 업계에 있다가 로스쿨을 가면 늦은 걸까. 예순이 다 되어 피아노를 시작하면 늦은 걸까. 마흔에 아이를 낳으면 늦은 걸까. 누가 짠 시간표일까.

우리는 모두가 각자의 서사를 가진 사람들이건만. 왜 그때 그런 선택을 했는지 자신만의 사정과 이야기를 제일 잘 알면서, 자꾸만 누가 정한 줄도 모르는 세상의 시간표에 스스로를 대입하며 늦음을 한탄하는 걸까. 하물며 저녁 메뉴로 삼겹살을 결정하는 그 사소한 일마저도 과정이 있고 서사가 있건만, 어찌 나의 인생에만큼은 그토록 매몰차게도 최단거리, 최고효율을 들이미느냐는 것이다.

그렇기에, 15년간 아나운서 생활을 하고 서른여덟에 아이 둘을 데리고 캐나다로 석사 유학을 떠난 나는 늦은 적이 없다. 나는 나만의 시간표대로 살 뿐이다. 그때그때 내가 하고 싶은 일을 할 뿐이다. 그리하여 앞으로도 늦은 일은 없을 것이다. 한 번 사는 내 인생, 나의 흡족함을 위해 사는 것이다. 내 시간표는 내가 정하며 산다.

만학도에 대한 장점과 항변을 늘어놓는 사이에 폭포를 돌아 나왔다. 벌써 저 멀리 주차장이 보인다. 멋지구리한 이 만학도는 이제 집에 돌아가 샤워를 하고 논문 참고문헌 목록 작업을 시작할 것이다. 혼자 씩씩하게 또 할 일을 해낼 것이다. 나설 때만 해도 엉겨 붙었던 마음이 이렇게나 다 풀렸다. 운동화에 붙은 진흙은 햇볕에 바짝 말려서 털어 내야겠다.

굳이를
굳이

반복하는 이유

훅 들어온 학부생 특강

Social time이라고 노동학 전공 학생들의 친목 도모를 위해 과에서 주최하는 모임이 있다. 한 학기에 한두 번 정도 학부, 석사, 박사 과정의 학생들과 교수님들이 다 함께 모여 피자를 나눠 먹으며 이런저런 이야기를 도란도란 나누는 시간이다. 참석도 자유, 머무르는 시간도 자유다.

그동안 한 번도 참석해 본 적이 없었다. 우선, 과제하고애 보는 것만으로도 시간이 부족한데 동료들과 친목까지 도모할 마음의 여유가 없었고, 두 번째로 그놈의 느끼한 피자를 먹기 싫었다. 김밥 타임이었으면 한 번도 빠지지 않고 참석했으리라. 떡볶이 타임이었으면 전날부터 가서 줄을 섰으리라.

도착하자마자 후회했다. 이놈의 스탠딩 파티에 오는 게 아니었다. 자고로 모임이라 함은 테이블에 뱅 둘러앉아 앞에 있는 음식을 앞 접시에 덜어 먹으며 앞 사람이나 주위 사람과 조곤조곤 이야기를 나누는 맛이거늘. 뭘 먹어야 할지, 누구와 대화를 해야 할지, 옵션이 너무 많은 이 문화는 토종 한국 아줌마를 항상 당황스럽게 만든다.

어쩔 수 없이 어정쩡하게 피자를 먹으며 어정쩡하게 여기저기 걸어 다녔다. 별로 할 말도 없고, 피자를 그렇게 좋아하지도 않는데 여긴 왜 온 건지 후회에 후회를 거듭하며 애써 자연스러운 척, 이 바이브가 익숙한 척 애를 쓰고 있는데, 지도교수님이 멀리서 나를 부르신다. "Arom!" 저 멀리서도 나의 어정쩡함을 눈치채신 게 분명하다.

교수님은 반갑게 안부를 물으시더니, 옆에 서 있던 한 아시안계 교수님을 소개해 주셨다. 노동학과 교수님이라는데 석사 생활 2년이 다 되어 갈 동안 처음 뵙는 분이었다. 안부로 시작한 대화는 자연스럽게 흘러 흘러 내 논문 주제로 이어졌다. 매번 느끼지만 교수님들은 정말 대단하다. 어떤 이야기로 시작해도 어떻게든 이야기를 학문의 세계로 이끌고 가신다. 이야기가 어찌 이리 자연스럽게 학구적으로 흐를 수 있는지, 너무 자연스러워서 눈치챌 겨를도 없다. 아니 진심으로 공부가, 공부 얘기가 재밌냐고요. 물론 그러니까 교수님을 하셨겠지만.

논문 주제를 설명하는 건 어렵지 않았다. 매일 붙들고 있는 애다 보니, 웬만한 단어와 용어, 영어의 표현들이 머리에 박혀 있었다. 하지만 교수님 귀엔 이렇게 들렸을 거다.

음, 캐나다에서 산업재해로 사람 많이 죽어…서요. 법이 있어요. 회사 사장님 책임져야 해요. 하지만 작동 안 해요. 이유가 뭘까요? 그거 연구해요.

이 정도 영어 실력이어도 외국에서 석사를 할 수 있으니 혹시나 꿈이 있는 분들은 나를 보고 용기를 내시길 바란다.

그런데 그날 저녁, 아까 낮에 피자를 먹다 처음 만난 교수님이 이메일을 보내셨다. 다음 주 수요일에 자신의 학부생 강의에 와서 현재 연구 중인 논문에 대해 발표를 해 달라고 하셨다. 다음 주 강의 주제가 마침 세계 노동환경과 법이라는 설명을 덧붙이며, 캐나다와 한국의 산업재해 관련 법이 어떻게 구성되어 있는지 비교해 달라고 하셨다.

오. 마이. 갓.

어떤 제안은 수락이나 거절 여부와 상관없이 극도의 스트레스를 준다. 하기 싫은데 해야 할 것만 같을 때 보통 그렇다. 정말이지 너무 하기 싫었다. 캐나다 학부생들 앞에서 영어로 씨부렁거릴 생각을 하니 상상만으로도 심장이 뛰다가 목구멍을 막을 것만 같았다. 만약 한국에서 똑같은 상황이 벌어졌다면

아이고, 교수님, 그날은 아예 수업도 들어오지 마십쇼잉. 제가 두 시간 그냥 커버하겠심니다.

하고 거드름을 피웠을 것이다. 눈치채셨는지 모르겠지만 나는 한국말은 잘한다.

짧고 굵은 고민의 시간 끝에 해 보기로 했다. 심지어 당신이 내게 주신 기회에 감사하다는 거짓말까지 덧붙여 답장을

보냈다. 부담스러운 제안을 수락한 이유는 하나였다. 후회하기 싫었다.

다시 없을 경험은 잡아야 한다. 좋든 싫든 잡고 봐야 한다. 무엇을 배우고 느낄지도 모르면서 그 기회조차 스스로 박탈하기 싫었다. 캐나다 대학생들 앞에서 내 새끼 같은 논문을 소개할 기회가 언제 또 있겠는가.

하고 보니 별것두 아니었다

안 그래도 바쁜 학기 말이라 처내야 할 일들이 많았는데 대뜸 발표까지 맡다 보니 정신이 없었다. 요리하거나 설거지할 시간도 없어서 한인 마트에서 반찬과 고기를 배달시켜 먹었다. 돈은 돈대로 쓰고, 몸은 몸대로 축나고. 누구를 탓하리.

좀비처럼 지내다 보니 수요일이 되었다. 거울을 보니 좀비처럼 지낸 게 아니라 좀비였다. 어쩔 수 없이 화장을 했다. 볼 터치를 발갛게 바르니 생기 있어 보인다. 교수님이 알려주신 강의동을 찾아가는 길에서부터 손에 땀이 맺혔다. 도대체 왜 한다고 한 걸까. 의미 없는 후회를 반복하며 길을 찾아가는데, 그 와중에 우연히 마주친 대학원 동료가 "You look great, today."라는 말을 남기고 사라졌다. 그 와중에 또 기분은 좋았다.

강의실은 계단식이었다. 교수님은 가장 밑에 서 계셨고, 학생들은 계단식 논처럼 층층이 높아지는 의자에 앉아 강의를 듣고 있었다. 똑똑 노크를 하고 강의실에 들어서자 교수님은 화려한 말을 앞세워 나를 소개하셨다. 한국에서 온 저널리스트라고, 산업재해에 관심이 많은데 캐나다 노동환경과 현실에 대해 아는 게 많다고 하셨다. 실상은 쭈글이인데… 하아. 갑자기 한국에서 온 저널리스트라고 소개하는 바람에 나는 어깨를 최대한 빳빳하게 펴고 강단으로 나갔다. 이미 심장은 뛸 대로 뛰다가 목구멍을 막은 기분이었다.

앞에 서서 보니, 학생들 대부분의 표정이 밝지 않았다. 이미 지겹다는 얼굴들이었다. 하지만 나의 20대 초반을 굳이 열심히 떠올리며, 그 시절 내 표정이 얘네들보다 더 별로였음을 인정하며, 원래 요새 젊은이들 인상이 안 좋다고 애써 합리화하며 발표를 시작했다.

생각보다 잘했다. 진심이어서 잘 해낼 수 있었다. 일하다가 자꾸 사람이 죽는 이 부당함을 바꿔야 하지 않겠냐는 간절한 바람을 전하고자 애쓰다 보니 말이 술술 나왔다. 50여 명 정도의 학생들 중 열 명 정도는 눈을 반짝였고, 마흔 명 정도는 지겹다는 표정이었다. 나는 저 때 더했으면 더 했을 것이라고 또 애써 합리화를 하고 정신 승리를 마쳤다.

학교에서 집에 돌아오는데 자동차 액셀이 어찌나 부드럽게 밟히던지, 그 기분 그대로 펍에 가서 IPA 생맥주 한잔이라도 벌컥벌컥 마시고 싶었다. 그 클럽에서 누군가 다가와서 "헤이, 와썹? 오늘 왜 그렇게 기뻐?"라고 묻는다면 자랑스럽게 거만을 떨 것이다. "나 오늘 캐나다 대학생들 앞에서 논문 발표했잖아! 와우! 기분 째지겠지?"

하길 잘했다. 하고 보니 별것도 아니었다. 예상을 뛰어넘는 수준의 어려운 질문도, 못 알아들을 만한 영어 표현도 없었다. 두려움에 지레 겁먹지 않은 용기를 듬뿍 칭찬해 주고 싶다.

잠깐의 괴로움이 싫어 외면하고 피하는 게 능사는 아니다. 두려운 마음에 내 몫이 아닌 것 같다며 내려놓는 게 합리적인 선택처럼 보이지만 실상은 그 반대인 경우가 많다. 나이가 들고서야 얻은 깨달음이다. 그래서 굳이 애써 맞서고 마주하려고 노력한다. '굳이'가 모여 '맷집'이 된다.

그리고 심지어, 그 발표가 글감이 되어 이 책의 여덟 페이지를 장식하지 않았는가. 또 언젠가 먼 훗날 이런 말을 하는 날도 올 것이다.

제가 예전에 캐나다 학부생들 앞에서 발표해 봐서 아는데요. 제안해 주신 거 한번 도전해 볼 수 있을 거 같아요.

용기를 내어 '굳이' 경험했던 일들을 발판 삼아 딛고 올라서는 날들이 분명 올 것이다.

그래서요, 여러분들. 합시다.
네, 그거요. 그거 '굳이' 합시다.

제일
먼저

학교에 도착하는
아이

영하 15도 이하에만 학교 문이 열린다

매주 화요일에는 평소보다 일찍 일어나야 한다. 오전 9시에 시작하는 대학원 방법론 수업에 늦지 않기 위해 온 식구가 부지런을 떨어야 하는 날이다. 평소엔 아이들이 아침 8시 34분에 오는 스쿨버스를 타고 등교하지만 화요일엔 8시에 다 같이 집을 나서야 한다. 운전해서 8시 10분경 아이들을 학교에 내려 주고 바로 대학원으로 출발하면 9시 5분 전에 강의실에 도착할 수 있다.

8시 10분에 학교에 도착한 아이들은 8시 50분까지 학교 운동장에서 시간을 보낸다. 캐나다는 등교를 운동장으로 한

다. 정해진 시간이 되기 전에는 학교 건물 문이 열리지 않는
다. 안전상의 이유다. 교직원이 아직 출근하지 않은 시각, 학
교 내에서 발생할지 모를 사고를 사전에 방지하겠다는 차원
이다. 아무리 생각해도 한겨울의 운동장보단 교실이 더 안전
할 것 같지만, 이해할 수 없는 정책은 그대로 이해하지 않기
로 한다.

여하튼 기상 상황이 나쁘지 않다면 캐나다 아이들은 하
나둘 운동장으로 등교해 종이 울리길 기다린다. 한파일 경우
아이들을 일찍 건물로 들여보내 주기도 하는데 그 기준이 영
하 15도다. 영하 15도 이하일 때만 문이 일찍 열린다. 오늘은
영하 11도니까 아이들은 40분간 운동장에 있어야 한다.

겨울 아침 8시는 여전히 어둡다. 쌍둥이는 오늘 전교에서
가장 먼저 학교에 도착했다. 매주 화요일마다 1등이다. 시간
이 지날수록 친구들이 하나둘 도착하겠지만, 매서운 바람이
불거나 진눈깨비라도 내리는 날에 아이들을 덩그러니 운동
장에 내려줄 때면 발길이 쉬이 떨어지지 않는다. 나는 차 창
문을 내려 사랑한다고 외치고, 운동장을 절대 벗어나지 말라
고 당부한다. 그리고 또다시 사랑한다고 외친다. 마음이 불
편해서 그렇다. 마음이 한없이 가라앉는다. 일주일에 한 번

그러는 건데도 엄마 마음은 어쩔 수가 없다.

우리는 함께 크는 거야

1990년대와 2000년대 초반 토크쇼에서는 연예인들이 카메
라를 정면으로 응시하며 엄마에게 영상편지를 보내는 일이
잦았다. 톱스타의 눈물을 유도하려는 진행자의 노련한 전략
은 매번 먹혔고, 그래서 그들은 매번 울었다. 엄마만 생각하
면 눈물이 난다고 했고, 엄마의 희생을 헛되지 않게 하겠노
라고 다짐하는 이도 있었다. 나는 매번 짜증이 나서 채널을
돌려 버렸다. 도대체 세상의 엄마들이 어떤 인생을 살았기에
다 큰 자식들이 저렇게 가슴이 미어지는 걸까. 당장 부엌에
서 김치찌개를 끓이고 있는 우리 엄마만 봐도, 1년에 한 번씩
방방곡곡으로 이사를 다니는 우리 엄마의 삶만 잠깐 생각해
봐도 이해될 법한 정서였지만 어린 초등학생은 정말이지 짜
증이 났다.

엄마의 은혜에 감사하는 자식의 순수한 마음을 모르는
건 아니었지만, 어쩐지 엄마 얘기만 나오면 자꾸 우는 사람들
이 지나치게 많다는 건 생각해 볼 일이었다. 억척같은 엄마

들이 많을 수밖에 없었던 한국의 시대상을 감안하더라도 불편했다. 혹 내 미래도 비슷한 모습이면 어쩌나, 어린 꼬마 아이는 막연하게 암담했던 것이다. 나는 다르게 살아야겠다고 생각했다. 너무 아득한 다짐이어서 언제부터 그런 마음을 먹었는지 생각도 나지 않지만 분명 결연한 선언이었을 것이다.

그 결심은 아이를 낳고선 점점 더 구체화되었다. 아이들이 엄마라는 단어를 떠올렸을 때 희생이라는 단어가 겹쳐 보이지 않길 바랐다. 미안한 마음이 들지 않길 바랐다. 마음에 조금의 짐도 없길 바랐다. 누군가 쌍둥이에게 마이크를 쓱 들이밀며 엄마에게 영상편지를 보내라고 요청한다면

엄마, 키워 주셔서 감사해요. 그런데 엄마는 하고 싶은 거 다 하고 살았잖아요. 잘하셨어요. 저도 제 인생 그렇게 살게요.

라고 말하길 바랐다. 아이는 분명 얼굴에 웃음을 머금고 있을 것이다.

지한아, 주한아. 너희 꿈을 위해 엄마가 보조를 맞출 때가 있듯이, 너희도 엄마 꿈을 위해 함께 애써야 할 때가 있는 거

야. 오늘은 좀 춥겠지. 하지만 곧 학교 문은 열릴 테고, 우리는 각자의 자리에서 열심히 배울 거야. 우리는 그렇게 함께 크는 거야.

그래서 더 열심히 공부했다

수업 시작 오 분 전에 도착해 노트북 세팅을 마치고 교수님을 기다린다. 닥터 플란코는 어김없이 아홉 시 정각에 등장했다. 창밖을 보니 눈바람이 휘몰아친다. 아홉 시가 되었으니 우리 아이들은 이제 교실에 앉아 있을 것이다. 나는 더 눈을 반짝이고 한 번 더 손을 들어 발표를 한다. 우리 아이들이 추위에 떤 시간과 맞바꾼 수업이니만큼 더 열심히 공부해야 한다.

수업이 끝나고 학교 도서관에서 공부하다가, 캄캄한 밤 같은 오후 다섯 시가 되어 아이들을 데리러 다시 학교로 갔다. 요상한 캐나다의 일조 시간 때문에 우리는 밤에 헤어져 다시 밤에 만나는 듯한 착각이 든다. 엄마의 걱정과는 달리 아이들은 또 뭐가 좋은지 웃으면서 차를 향해 뛰어온다.

주한아, 오늘 아침에 괜찮았어? 엄마는 화요일마다 마음이 짠해.

어, 괜찮은데요? 저 학교에 1등으로 가면 기분 째지는데요?

지한이는 어땠어?

운동장 눈을 아무도 안 밟았더라고요. 그래서 주한이랑 아침에 그거 다 밟고 뛰어다니면서 엉망으로 만들었어요. 재밌었어요!

이제 보니 내가 울겠다. 자식에게 영상편지를 보내며 내가 펑펑 울겠다. 너희 같은 아이들을 자식으로 둬서 엄마가 꿈을 이뤘다고. 고맙다고.

하나도
빠짐없이

성장이었다

함께 기뻐할 수 있는 힘

웬일로 아이들이 아직 뜯지 않은 봉투를 내밀었다. 무엇이든 궁금증이 많은 아이들은 학교에서 나눠 주는 것이라면 우선 북북 뜯어 그 즉시 내용물을 확인하고선 집에는 이미 쓰레기 같은 종이를 가져오곤 하는데, 이번엔 봉투 그대로 들고 온 것이다. 봉투를 뜯지 않은 이유를 물었더니 중요한 안내문이 기 때문이란다. 선생님이 엄마에게 반드시 직접 전해 주라고 일러두었단다.

종이에는 당신의 아이가 곧 해밀턴 교육청에서 실시하는 지능 검사를 받게 될 것이라고 적혀 있었다. 작년 10월, 온타리오주 학생들을 대상으로 학력평가를 실시했는데 당신의 아이가 상위 몇 % 안에 들어 Gifted Children Program 후보가 되었다고 했다. 그 몇 %가 여기서 핵심이건만 전혀 기억이 나지 않는다. 작년 10월에 아이들이 시험을 친 줄도, Gifted Children Program이 뭔지도 몰랐던 나는 안내문을 읽는 내내 모르는 단어가 하나도 없었음에도 무슨 말인지 전혀 이해하지 못했다. 그런데 마침 그때 학교에서 전화가 왔다.

선생님은 주한과 지한 모두 Gifted Children Program의 후보가 되었기에, 조만간 해밀턴 교육청 직원과 함께 대면검사를 실시할 거라고 설명해 주셨다. 그 검사를 통과하면 다음 학기부턴 매주 1회 교육청으로 가서 특별 수업을 받게 된다고 한다. 뜨뜻미지근한 내 반응이 미덥지 않았는지 선생님은 혹시 다 이해한 게 맞느냐고 여러 번 되물었다. 빨리 전화를 끊고 싶어 "Sure! For sure!"를 연발했다. 구글에다 이 프로그램이 뭔지 자세히 검색하고 싶었다. 캐나다에 온 지 2년이 다 되어 가는데도 스피킹보다는 리딩이 편하니깐. 느낌상 영재반이었는데 그 느낌이 맞았다.

그날 아이들과 불고기 스파게티를 저녁으로 먹으며 지난 10월 시험의 정체에 관해 물었다. 컴퓨터 앞에 앉아 문제를 풀긴 풀었는데 기억이 잘 나지 않는다고 했다. 여차저차 이러저러한 상황이라 곧 검사를 받게 될 것이라고, 합격하면 Gifted Children Program에 선발된다고 설명해 줬더니, 그럼 선물을 받는 거냐고 묻는다. 보아라. 영재반일 리가 없다. 내가 괜히 안내문을 이해하지 못한 것이 아니다. 그 내용을 받아들이기에 앞서 넘어설 수 없는 마음의 장벽이 있었던 것이다.

그런데 요놈들이 영재반 후보가 된 사실보다 더 인상 깊은 이야기가 있었다. 학교에서 쉬는 시간이 되어 어느 때와 다름없이 운동장에서 뛰어노는데 한 친구가 와서 주한에게 물었다고 한다.

너 혹시 하얀 봉투 받았어?

응.

와! 얘들아, Dylan이 하얀 봉투 받았대!!!

그러더니 갑자기 주변 아이들이 다가와서 주한에게 하이파이브를 청하고 손뼉을 치며 좋아했다고 한다. 역시 너는 아인슈타인이라며, 너는 정말 스마트해서 그 봉투를 받을 줄 알았다며 방방 뛰며 좋아했단다. 심지어 한 친구와는 손을 맞잡고 운동장에서 뱅글뱅글 돌았다고 했다.

생소한 이야기였다. 하얀 봉투를 받는 것이 축하받을 일이라는 것도 낯설었지만, 친구들이 크게 축하해 준 것이 더욱 놀라웠다. 물론 나도 때론 축하를 하고 또 받고 살지만 타인과 손잡고 빙글빙글 돌 정도로 기뻤던 적은 2002년 월드컵 이탈리아전에서 안정환이 역전 골을 넣었을 때 빼곤 기억이 나지 않는다.

손을 맞잡고 운동장을 빙글빙글 돌았을 어린이들의 모습을 상상하니 절로 흐뭇해졌다. 친구가 잘된 것을 기뻐하며 손뼉을 치고 방방 뛰는 그 마음은 어디서 오는 걸까. 그 친구들의 마음은 무엇이었을까. 남의 잘됨을 기뻐할 수 있는 건 기본적으로 너와 나는 엄연히 다르다는 본질을 이해하고 있다는 뜻일 테다. 함께 기뻐할 수 있는 힘은 너와 나는 다르다는 자신감에서 나오는 거니까. 너의 잘남은 나와 연관되어 있지 않으니까. 너는 내가 아니고, 나는 네가 아니니, 각자의 삶을 그냥 재밌고 의미 있게 살면 되는 것이니.

기회는 또 있을 거야

몇 달 뒤, 아이들은 교육청에서 실시하는 검사를 받았다. 그 날도 아이가 집에 와서 오늘 갑자기 수업 시간에 어떤 선생님이 불러 이것저것 자기를 테스트했다고 하여 알게 되었다. 도형 조각을 맞추고, 단기 기억력을 테스트하고, 그림을 통해 다음 장면을 유추하는 문제들이 나왔다고 했다. 너무 어려웠다고 했다.

그로부터 몇 주 뒤 아이들은 다시 하얀 봉투를 받아 왔고 그 봉투에는 다시 주한과 지한 모두 Gifted Children Program에 합격했다는 안내문이 들어 있었다. 세 가지 영역 중 상위 3% 이내에 드는 영역이 두 개 이상이거나, 한 가지 영역이 상위 1% 안에 들면 합격인데 주한은 전자의 이유로, 지한은 후자의 이유로 합격했다. 하지만 우리는 이 프로그램에 참여하지 못한다. 이번 학기를 마치면 한국으로 돌아가야 한다.

아이들은 한 학기만 더 캐나다에 머무르면 안 되느냐고 졸랐다. Gifted Children Program에 한 번이라도 참여해 보고 싶다고 했다. 하지만 그럴 수 없었다. 통장 잔고가 넉넉

하지 않기 때문이기도 했고, 논문만 통과되면 한국으로 돌아가 싱글맘 생활에서 벗어나고자 했던 내 간절한 바람 때문이기도 했다. 낭중지추를 들먹거리며 아이들을 설득했다.

애들아, 낭중지추라고 알아? 주머니에 송곳이 들어 있으면 어떻게든 뚫고 나오겠지? 너희가 정말 똑똑하다면 한국에 가서도 이런 기회는 또 있을 거야.

날마다 자랐다

루크를 처음 만난 날 내 소맷자락을 끌어당기며 통역을 부탁했던 그 꼬맹이들은 어디로 간 걸까. 괄목상대라는 말은 이럴 때 쓰는 걸까. 하지만 눈을 비비고 놀랄 일은 사실 안내문에 적혀 있는 숫자들이 아니다. 두 번의 사계절이 지나가는 동안, 아이들은 건조기에서 갓 나온 따끈한 빨래들을 혼자 갤 수 있게 되었고, 수세미를 들고 화장실 청소도 말끔하게 해낼 수 있을 만큼 자랐다. 세차하는 방법도 배웠다. 한 명이 휴대용 청소기로 차 내부를 청소하는 동안, 다른 한 명은 호스로 물을 뿌리며 차 외부를 닦았다.

소파에 앉아 우는 엄마를 말없이 안아 줄 수 있게 되었다. 터키에서 전학 온 아이에게는 먼저 다가가 친구가 되어 주었다고 했다. 집 밖에서 들은 칭찬들을 모으는 주머니가 따로 있는 건지, 집 안에 들어와서는 그 보따리를 풀어 다시 엄마에게 내주기도 했다. 아이들은 내게 할 수 있다고 했고, 해내는 과정이라고 했고, 엄마가 자랑스럽다고 말해 주었다. 또 어떤 날은 한국에 있는 아빠에게 감사함을 느낀다고 했다. 하나도 빠짐없이 성장이었다.

참고로, 아이들은 한국에 돌아와 학교 앞 분식집에서 떡볶이를 사 먹는 낙으로 지극히 평범하게 잘 지내고 있다.

송곳 아니었음. 엄마는 알고 있었음.

별에게
맹세코

잘돼

뭘 어떻게 해야 하지

마지막 학기가 끝나고 본격적으로 논문을 써야 하는 시기가
왔다. 유학을 시작하면서부터 가장 두려웠던 시간이다. 기승
전결을 갖춘 글은 바라지도 않는다. 글자 수나 다 채우면 좋
겠다. 6개월 안에 논문 심사를 통과하지 못하면 석사모를 머
리에 얹지 못하고 한국에 돌아가야 한다. 제아무리 성실했다
한들, 이 과정을 성공적으로 해내지 못하면 지난 2년의 시간
은 물거품이 될 것이다.

석사 논문은 캐나다 「중대재해처벌법」 실패에 관한 내용
이다. 「중대재해처벌법」이란 노동자가 일하다가 크게 다치

거나 사망했을 때 안전 관리를 소홀히 한 책임을 물어 기업의 경영책임자에게 형사적 처벌을 부과하는 법이다. 기업에 대한 처벌 목적보다는 노동자의 안전을 더 철저히 관리하고 예방 조치를 강화하라는 의미가 크다. 한국에서는 2022년부터 시행되고 있지만, 캐나다에서는 이미 20여 년 전부터 시행 중이다. 하지만 의도한 대로 법이 작동하지 않았다. 산재 사망 사고 건수는 줄지 않았고, 처벌받은 사람도 열 손가락으로 셀 수 있을 정도로 적었다. 궁금했다. 캐나다의 선례를 분석해 보면 한국에도 시사하는 바가 있을 것이라는 판단이 들었다. 도대체 원인이 무엇일까.

원인을 찾고 정리하기 위해 재미없는 일상을 자처했다. 하루 종일 가는 곳이라곤 집, 헬스장, 도서관뿐이었다. 그런 매일을 보내면서 깨달은 건 나는 학자 체질이 아니라는 사실이었다. 물론 진즉에 알고 있었다. 읽고 쓰고 먹고 자고 쓰고 읽고 자고 먹고 읽는 삶을 좋아하는 사람이 세상에 어디 있단 말인가? 혹시 당신이 그런가? 그럼 학자의 길을 걸으시라. 적성에 맞는 꽃길일 것이다.

시간을 쏟아부었음에도 진도가 나가지 않았다. 켜켜이 쌓은 시간 위에 계속해서 시간을 덧쌓고 있는데도 달라지는 게 없었다. 깜박거리는 커서는 어서 다음 문장을 쓰라고 재촉했지만… 지금도 재촉하고 있지만… 무슨 말을 써야 할지 몰랐고 모른다.

아니, 이거 마무리는 할 수 있는 거야? 결론은 어떻게 내야 하지? 흐름이 이게 맞아?

논문을 쓰면서 골백번도 더 했던 생각이다. 그리고 지금도 하고 있는 생각이다. 답을 찾는 동안 한 계절이 지나갔다. 겨울이 끝나 가고 있었다. 나뭇가지에 연둣빛 싹이 조금씩 움트기 시작했고 토끼들도 바깥 활동을 시작했다. 마당이 토끼 똥 천지였다.

바닥을 치던 마음이 지하까지 내려갔다

논문 중간 과정을 체크하던 교수님은 역시나 다른 의견을 내셨다. 여느 논문이 그렇듯 학생이 방점을 찍는 부분과, 지도교수가 중요하게 여기는 지점이 다르다. 지도교수님은 현상의 원인보다는 열 손가락 안에 든 처벌 사례를 알아내고, 그 사건들이 나머지 수십만 개의 사건과 무엇이 어떻게 달랐는지 써야 한다고 하셨다.

　교수님의 조언에 따라 수십 건, 수백 건에 이르는 산업재해 사건을 찾아 헤맸다. 자꾸만 다치고 떨어지고 죽는 사고들을 접하다 보니 사람이 덤덤해지려 해도 덤덤해질 수 없었다. 그러다가 또 어떤 날은 너무 덤덤하게 누가 죽었고 다쳤다는 이야기를 글로 적어 내는 내 모습에 놀라기도 했다. 이때부터였을 것이다. 바닥을 치던 마음이 지하까지 서서히 내려가기 시작했다.

　끝끝내 지구 맨틀을 다 깨부수겠다는 심정이었는지, 아예 굴삭기를 들고 와 땅 밑을 파고 또 파던 어느 날이었다. 침대에 누워 SNS를 하다가 김동률이 신곡을 냈다는 소식을 접했다. 갑분 김동률. 갑자기 분위기 김동률.

　하, 그런데 노래 제목이 '황금가면'이다. 좀 불안했는데 아니나 다를까 댄스곡이었다. 김동률 아저씨, 지금 제가 아저씨에게 바란 건 댄스곡이 아니었다고요. 둠칫둠칫 멜로디를 듣는데 역시나 실망스럽다. 심지어 가사도 유치하다. 끝까지 다 듣지 못하겠다는 생각에 침대에서 몸을 일으켜 일 층 부엌으로 내려갔다. 언제나 그랬듯 나무 계단에서 삐걱거리는 소리가 났다.

그런데 그 순간, 노래가 말했다. 아니, 김동률 아저씨가 그랬다.

별에게 맹세코 잘돼.
순간의 치기 아니다.
이렇게 태어난 거다.

그 자리에 조용히 자리를 잡고 앉았다. 이 층과 일 층 사이 어정쩡한 높이의 삐걱거리는 나무 계단 위에 한참을 앉아 있었다. '황금가면'은 끊임없이 집 안에 울려 퍼졌다. 그래서 그 부분이 나오길 기다렸다가 듣고 또 들었다. 별에게 맹세코 잘돼. 별에게 맹세코 잘돼. 삶의 어떤 장면들은 마치 지금 일어난 일처럼 너무도 생생히 기억나서 소름이 돋을 것만 같다.

여하튼 별에게 맹세코 잘된다는 노랫말을 듣고 또 듣다가 유튜브에서 뮤직비디오를 찾아봤더니, 김동률 아저씨가 한 편의 뮤지컬을 만들어 놓으셨다. 현실과 타협하며 하루하루 생계를 꾸려 나가는 직장인이지만 그의 마음속에는 여전히 이루지 못한 꿈이 있다는 내용이었다. 그래서 묻지도 따지지도 않고 별에게 맹세코 잘될 것이며, 이건 순간의 치기가 아니라 원래 그렇게 태어난 사람이기 때문이라는 스웨그 있는 내용이었다. 그 뮤직비디오를 보고 나선 눈물이 쏙 들어갔다.

적어도 나는 꿈을 가슴 속에 묻어 두지 않고 여기까지 왔잖아. 시작이 반이라는데 시작은 했잖아. 깃발이 꽂혀 있는 목적지가 이제 빼꼼 보이잖아. 결국 한 발 한 발 걸어서 여기까지 왔어. 조금만 더 걸어가면 돼. 별에게 맹세코 잘될 기야. 걱정 마. 별에게 맹세코 논문을 쓰고 말 거야.

스스로를 세상 한심한 사람처럼 여길 땐 언제고 갑자기 이제는 나 자신이 세상 기특하게 보인다. 음악의 힘인가, 김동률의 힘인가, 아니면 또 꼴값 중인 건가. 셋 다다.

그날 이후로 '황금가면'은 논문을 쓰는 기간 내내 배경음악이 되어 주었다. 별에게 맹세코 잘된다는 가사도 좋았지만, 둠칫둠칫 신나는 멜로디와 비트 덕분에 우울한 마음도 꽤 괜찮아졌다. 지겹도록 들으니 아이들도 가사를 다 외워 흥얼거리며 따라 부르기 시작했다.

별에게 맹세코 절대

한참이나 나중에 안 사실이지만, 김동률의 '황금가면'이라는 노래에는 '별에게 맹세코 잘돼'라는 가사가 없다. 원가사는 이렇다.

　별에게 맹세코 절대 순간의 치기 아니다. 이렇게 태어난 거다.

'절대'를 '잘돼'로 들은 것이다. 원래 나이가 들면 자기가 듣고 싶은 대로 듣는다더니 나도 그 보편적인 인류의 노화 과정에서 조금도 벗어나지 않고 정도를 걷는 중이다. 하지만 잘못 들은 대로 그냥 믿어 버리련다. 왜? 별에게 맹세코 잘될 거니까. 아, 나이 들수록 고집도 세지고 틀려도 아집을 부린다더니.

그 타이밍에 '황금가면'을 세상에 내놓으신 김동률 님께, 덕분에 바닥을 치던 마음을 부여잡고 땅 위로 간신히 올라와 논문을 써냈다고 감사하다는 말씀을 전하고 싶다. 그리고 나는 여전히 코인노래방에서 혼자 목청껏 '별에게 맹세코 잘될'를 부른다. 왜? 별에게 맹세코 잘될 거니까.

누군가의

자부심

자랑스러움이 폭발했다니요

책상에 오래 앉아 있으면 엉덩이가 아프다. 엉덩이가 좀 얼 얼해지면 침대에 누워 버리지만 오늘은 노트북을 들고 소파 로 자리를 옮겼다. 교수님이 수정하라고 명하신 부분을 어떻 게든 고쳐 내야 한다. 아이들은 중무장을 하고 마당에 나갈 참이다. 봄이 온 줄 알았는데 폭설이 내렸다. 5월에도 눈사 람을 만들 수 있는 이 나라가 여전히 신기하기만 하다. 봄인 줄 알고 솟아난 파릇파릇한 잎들이 오늘 된통 당할 듯싶다.

나는 엉치뼈를 소파 깊숙이 넣고 노트북을 무릎 위에 올 렸다. 뭘 어떻게 고치지. 고치고 다시 하는 것만큼 고역이 있을까. 진정한 끈기는 틀린 문제를 짜증 내지 않고 고치는 거라고 수도 없이 아이들에게 가르쳤건만 정작 내가 그 상황이 되니 다 관두고 싶다. 그냥 납작 비빔만두가 먹고 싶다.

아이들은 역시 아이들답게 쉴 새 없이 들락날락하는 중이다. 핫팩을 달라, 물을 달라, 장갑을 다시 끼워 달라고 소리친다. 겨우 엉덩이를 무겁게 했건만 그 무거운 엉덩이를 다시 일으켜 세우려니 어구구구 소리가 절로 나온다. 외할머니가 왜 그렇게 앉으나 서나 당신 생각이 아니라 어구구구를 하셨는지 이제야 이해가 간다.

자꾸 창밖을 내다본다. 아이들은 큰 양동이에 눈을 퍼 담고 있다. 무의미하게 진지하다. 집 안에 앉아 있는 나는 그래도 의미 있게 진지하지만 진도는 나가지 않는다.

그길로 한 달 가까이 의미 있고 진지한 날들을 보냈다. 달라지는 게 없던 시간들, 하는 것도 아니고 안 하는 것도 아니지만 그렇다고 안 할 수는 없어 어떻게든 부여잡아 버틴 시간 끝에 결국 다 고쳐 냈다. 마지막이길 바라는 마음으로 교수님에게 이메일을 보냈다.

열흘 정도 지났을까, 교수님으로부터 이메일이 하나 도착했다. 아주 짧은 몇 줄의 글, 그러나 나의 고달팠던 유학 생활을 한 방에 어루만져 준 문장들이 적혀 있었다.

방금 논문을 다 읽었습니다. 당신이 정말 대단한 일을 해냈다는 자부심에 가슴이 벅차오릅니다. 매우 체계적이고 포괄적이며 논증도 훌륭합니다. 철저하게 연구한, 잘 쓴 논문입니다. 이 논문을 통해 저도 많은 것을 배웠습니다.

나는 차 키를 들고나가 LCBO로 차를 몰았다. 제일 좋아하는 와인을 사 올 시간이다. 시동을 거는데 울컥했다. 참았다. 와인을 고르는데 또 눈물이 나올 뻔했다. 또 참았다.

메일함을 열어 읽고 또 읽었다. 와인 한 모금을 마시고 읽고, 땅콩 하나 입에 넣다가 또 읽고, 남편에게 전화해 또 읽어 줬다. 인생은 폭죽놀이가 아니건만, 아주 오랜만에 이날은 폭죽이 터졌다. 빠바바바바바빵빵. 피융. 삐용. 꽝꽝.

자부심에 가슴이 벅차오르신다니요, 교수님.
어찌 감히 제가 당신의 자부심이 될 수 있습니까, 교수님.

인생에는 버릴 시간들이 없다

몇 년 전, 생방송 시사 라디오 프로그램 이름을 정하면서 제작진이 내 이름 석 자를 프로그램 앞에 달겠다고 말했을 때 PD를 찾아갔다. 오프닝 멘트를 직접 써도 되겠느냐고 물었다. 쓰는 건 괜찮지만 그걸 매일 해낼 수 있겠느냐고 PD가 되물었다. 기회만 준다면 해 보겠노라고 했다. 나의 생각을 청취자들과 나누고 싶었다. 목소리를 내고 싶었다.

아무도 시키지 않은 일을 1년 가까이 하고 있는데, 하루는 그 오프닝 멘트를 들은 보도국 부장님이 TV 뉴스 클로징 멘트를 한번 작성해 보지 않겠냐고 제안하셨다. 그때부턴 또 TV 뉴스 클로징 멘트를 2년 가까이 작성했다. 매일 아이템을 찾아내고 글을 썼다. 아이템을 찾는 일도, 그것을 요약하여 진행자의 생각과 그럴싸하게 버무리는 일도, 마지막으로 40초라는 시간에 맞추는 일도 쉽지 않았다. 걷어내고 덜어내고 줄이고 핵심만 남겨야 겨우 40초를 맞출 수 있었다. 매일 허덕였지만 매일 그 시간에 반드시 뉴스를 해야 하니 매일 해낼 수밖에 없었다. 뉴스가 끝나고 괜히 맥주가 당긴 게 아니다.

왜 한다고 했을까, 수백 번 후회했다. 무슨 의미가 있을까, 수도 없이 답을 찾으려 했다. 왜 고생을 사서 할까, 무르고 싶었다. 그런데 그 시간들이 또다시 기어코 나를 찾아왔다. 논문이야말로 두괄식으로 핵심만 남기는 글이었다. 그때의 나는 내가 무슨 훈련을 하고 있는지 알지 못했지만 그보다 훌륭한 연습은 없었던 셈이다.

돌아가는 게 돌아가는 게 아니야

돌아보아야 엮이는 일들이 있다. 지금은 아무리 알려고 해도 알 수 없는 일들이 있다. 그렇기에 어쩌면 누군가는 지금의 시간을 잔뜩 오해하며 보내고 있을지도 모르겠다. 무슨 의미가 있느냐고.

애플을 만든 스티브 잡스의 점 연결하기connecting the dots는 그래서 내가 가장 좋아하는 이야기다. 스탠퍼드 대학 졸업 연설에서 그는 자신의 인생을 돌아보며 모든 것이 연결되어 있다고 설명했다. 순간순간마다 의미를 알 수 없는 일들이, 알려고 해도 알 수 없는 일들이 나중에는 하나의 선 위에 자연스럽게 이어진다는 내용이었다.

대학에서 서체 과목을 수강한 것이 나중에 애플을 만들고 다양한 폰트 디자인을 하는 데 도움이 되었다고 한다. 애플에서 쫓겨났을 때는 몰랐지만 덕분에 훗날 NeXT라는 회사를 설립하게 되었다고 한다.

나는 이 얘기가 과거에 대한 자책을 그만두고 미래에 대한 걱정을 멈추라는 말로 들렸다. 버려질 경험들인 줄만 알았는데 그 경험이 미래의 어느 순간에 나타나서 그 진가를 발휘하기도 하고, 쓸데없는 데 시간을 낭비한 줄 알았는데 그 삽질 덕분에 어느 때는 또 새로운 기회를 얻기도 하니까.

돌아가는 게 돌아가는 게 아닐 수 있다. 단절되는 것이 단절이 아닐 수 있다. 의미 없는 일이 어쩌면 가장 의미 있는 일일 수도 있다. 세상에 잘못 들어서는 길이란 건 없을 수도 있다. 그냥 우리는 오늘도 점을 찍고 있을 뿐이다.

결국 나는 과거의 나 덕분에 석사모를 머리에 얹었다.

무엇을
배웠을까,

무엇이 남았을까

그 어떤 상황에서도 긍정적으로

오늘은 Lowville 공원에 가기로 했다. 차를 몰고 북쪽으로 37km 정도 가면 만날 수 있는 작은 공원이다. 한국으로 돌아가는 날을 2주 정도 남겨 두고 마지막으로 가고 싶은 곳이 있느냐고 물었더니 아이들이 입을 모아 고른 곳이다. 공원 안에는 수영도 하고 물고기도 잡을 수 있는 근사한 계곡이 하나 있다.

어쩌면 평생 마지막일 것이다. 언젠가 다시 한번이라는 말을 즐겨 쓰지만 그 다시 한번은 잘 오지 않는다는 걸 이제는 안다. 그래서 마지막으로 그 공원에 다시 다녀왔다.

도착하자마자 아이들은 뜰채를 들고 물고기를 잡겠다고 나섰다. 나는 계곡물이 흐르는 곳에 캠핑 의자를 펴고 앉았다. 발을 물에 담근 채 계곡 한가운데에 앉아 물소리와 새소리를 들으며 한여름 아름드리가 만들어 준 그늘 밑에서 책을 읽는다. 얼마 만의 휴식인가.

논문이 통과되자마자 짐 정리를 시작했다. 보통 일이 아닐 줄은 알고 있었지만 정말로 보통 일이 아니었다. 미니멀리즘을 추구한다고 애썼지만 2년 동안 살림은 걷잡을 수 없이 늘어 있었다. 절반은 중고로 되팔았고, 나머지 짐 중 절반은 버렸다. 아이들 옷과 신발이 대부분이었다. 햇볕에 뛰어노는 아이들은 건강하게 쑥쑥 자란다더니 맞는 말이었다. 아이들은 2년 동안 머리통 하나가 더 자랐다.

아이들 학교는 며칠 전 긴 여름 방학에 들어갔다. 개학식은 가지 못할 것이기에, 방학식 전날 우리는 마지막을 앞두고 반 친구들에게 나눠 줄 초콜릿 바와 쿠키를 작은 봉투에 나눠 담았다. 카드도 썼다. 주한은 라이언에게 너는 웃기고 엉뚱한 아이지만 그 둘 중에 엉뚱한 부분이 더 마음에 든다고 적었다. 원래 인생은 헤어짐과 만남의 반복이지만 그것을 알 리 없는 꼬마들은 눈에 한가득 눈물을 안고 있었다.

엄마는 초등학교 때 네 번 전학을 다니느라 늘 친구들과 이별을 해야 했거든. 그때마다 서운해서 펑펑 울었어. 근데 새로운 곳에 가 보면 또 거짓말처럼 좋은 친구들이 나를 기다리고 있더라고. 이별을 슬퍼하고 아쉬워하는 건 부끄러운 게 아니라 감정에 솔직한 거니까 표현하는 것도 좋지만, 이다음에도 우리에게 좋은 인연이 또 있다는 것도 잊지 말자. 그렇게 생각하면 좀 덜 슬퍼.

아이들에게 말은 그렇게 해 놓고 정작 목이 멘 건 나였다. 지도교수님께 드릴 편지를 쓰면서 울고 말았다. 한 문장 한 문장에 진심을 담았다.

그 어떤 상황에서도 당신처럼 긍정적인 태도를 놓치지 않겠다고 적었다. 한국에 돌아가면 당신 같은 사람이 되겠노라고 썼다. 당신 같은 사람이란 가장 소외된 이에게 먼저 손을 내밀고, 칭찬과 격려로 사람을 양지로 이끌어 내는 사람이라고 썼다. 당신이 2년 동안 내게 보여 주신 모습이 그러하다고 했다. 외로운 유학 생활에 등불이 되어 주어 고맙다고도 적었다. 마지막 점심 식사 자리에서 편지를 열어 본 교수님은 나를 안아 주셨다. 그 또한 마지막 포옹이라는 것을 알았다.

책을 덮고 눈을 감는다. 지난 2년이 스쳐 지나간다. 무슨 장르였을까. 아이 팔이 부러졌을 때는 호러였다가 친정 아빠가 등장했을 때는 휴머니즘이었다. 아이 팔이 다시 부러졌을 때는 스릴러였지만 그 이야기들을 시간 순대로 다 풀어 보니 드라마였다.

결국엔 성장 다큐멘터리

고작 석사 나부랭이가 학문을 배워 봤자 얼마나 배웠겠으며 또 얼마나 깊어졌겠는가. 하지만 나는 더 소중한 것을 배웠다. 숱한 토론을 지켜보며 깨달았다. 분노와 혐오 없이도 인간은 민감한 대화를 나눌 수 있다. 정확한 사실관계와 현실 인지 아래에서만 생산적인 논의가 오갈 수 있다. 냉소적인 시선으로는 될 것이 아무것도 없다. 이 당연하고도 당연한 사실을 캐나다까지 와서 다시금 확인했다. 나는 앞으로도 노동에서만큼은 거대한 낙관주의를 등에 이고 한 발짝, 한 발짝 걸어 나갈 것이다. 우리 지도교수님처럼.

또 뻔한 결론이지만 나 같은 범인이 가질 수 있는 최고의 무기는 성실이었다. 어떤 장애물이 있든, 그럼에도 불구하고 제자리에서 해야 할 일들을 해낸 끝에 석사가 되었다. 작은 과제도 최고의 버전을 만들기 위해 애썼다. 성실하게 개걸음을 던졌다. 성실한 사람이 최고의 싸움꾼이라는 말이 나는 여전히 제일 좋다.

무용하다며 스쳐 지나갔던 수많은 과거의 내가 캐나다까지 와서 나를 도왔다. 굳이 '굳이'를 반복하며 쌓아 둔 시간들과 맷집들이 내 안에 남아 있었다. 속상하고 자존심 상했지만, 그럼에도 불구하고 그 자리에서 버티고 눈물로 지새웠던 날들은 어디로 증발하지 않았던 것이다. 지난 시간 중에 버릴 것이 없었다.

흔하디흔한 이민자들과 유학생들을 통해 그들 모두가 저마다 자기 소설의 주인공임을 깨달았다. 모두 용기 있는 사람들이었다. 저마다 헤쳐 나가는 중이었고, 그 안에서도 일상을 놓치지 않기 위해 고군분투하는 사람들이었다. 그래서 사람은 누구나 특별하지만 누구나 보편적이고, 동시에 보편적이면서도 특별하다.

함께 걷는다고 느리지 않았다. 아이들이 스쿨버스에 타고 내리는 잠깐의 시간 때문에 세상에 손해 보는 이는 없었다. 다 같이 들어갈 수 있도록 문을 크게 만들어 놓으면 휠체어뿐만 아니라 너도나도 다 함께 모두가 편하게 드나들 수 있다. 약자를 돌보는 건 미래의 나를 돌보는 일이었다. 언젠가 내가 그런 모습이 되었을 때 그때의 나마저도 이 사회가 포용해 줄 것이라는 믿음을 주고받는 일이었다. 그런 사회는 사람을 평온하게 만든다.

힘겹게 한 걸음 내디뎌도 그다음 걸음을 앞두고선 또 서성이고 또 머뭇거리며 걱정해야 한다는 사실도 알게 되었다. 나아지지 않는다. 인생이라는 게 그렇게 생겨 먹었다. 한 계단 올라섰다고 해서 다시 밟고 설 다음 계단이 그 자리에 당연하게 놓여 있지 않았다. 나는 예상대로 석사 학위를 얻고 나서도 삶을 어떻게 꾸려 나가야 하나, 다시 처음과 같은 고민을 하고 있다.

다만, 이제 조수석에서 일어나 운전석에 앉겠다고 다짐했다. 지도교수님과의 마지막 점심 식사에서 나눈 이야기다. 닥터 로스는 내가 이미 그렇게 살고 있다고 말씀하셨지만, 아니요, 이제 시작인걸요. 인생 후반전은 더 하고 싶은 대로,

더 용기 있게, 더 웃으며 살 것이다. 그렇게 살아도 큰일 나지 않으니까.

너희가 언젠가는 알까

아이들이 플라스틱 물병 한가득 이름 모를 물고기들을 잡아 왔다. 거뭇거뭇한 물고기들이 물병 안에서 정신없이 뱅글뱅글 돌고 있다.

당연히 놓아줄 거지?

네, 엄마. 당연히 풀어 줄 거예요.

아이들이 다시 물가로 뛰어간다. 나무 사이를 비집고 온 햇살이 물 표면에 윤슬을 만들어 냈다. 윤슬보다 너희가 더 반짝인다.

아이들은 무엇을 배웠을까.

너희가 보고 겪은 게 무엇인지는 나중에 세월이 알려 주겠지만, 이곳에 가득 찬 공기는 너희 몸속에 깊게 배어 있겠지. 늘 책상 앞에 앉아 있었던 엄마, 창문을 열면 순식간에 목덜미를 덮치고 들어오던 차가운 공기, 갓 구운 토스트 냄새, 어디가 동이고 서인지 정확히 알려 주던 캐나다의 하늘, 여름이면 늘 얼굴에 덕지덕지 묻어 있던 선크림, 땀에 젖은 양말, 끝을 모르고 뛰어다니던 공원의 나무 향기, 플라스틱 물병에 가득 차 있던 물고기들, 그렇게 무럭무럭 자란 시간들이 너희에게 켜켜이 쌓여 있겠지.

그 시간들에 이름을 붙여 주는 건 훗날 너희들의 몫일 거야.

하지만 끝끝내 모를 이야기들도 있을 거야. 소리 없이 막막했던 밤과 아침 사이의 시간들, 두려웠던 가을 그리고 이름 모를 이의 눈빛에 상처를 안고 돌아온 그날 오후에 빨간 노을이 엄마에게 들려준 이야기.

이미 나이가 찼다는 타인들의 시선과 다녀와서 무엇을 하겠느냐고 물었던 비관적인 질문들 사이에서 끝끝내 해내겠다며 눈물을 삼킨 날들이 있었지. 결혼이 포기의 또 다른 이름이어선 안 된다고, 누구도 기대하지 않았음에도 증명하겠다고 아등바등 살았던 시간들도 있었지.

서른여덟 엄마의 여름과 서른아홉 엄마의 가을이 얼마나
쓸쓸했는지를. 그러나 동시에 너희 덕분에 얼마나 빛났는지
를

너희가 언젠가는 알까.

◆

그리고 햇빛이 반짝이던 한여름에
집으로 돌아왔다

논문이 통과되자마자 귀국했다. 한여름이었다. 졸업식은
11월에 열렸다. 캐나다에 잠깐 다녀올까 수도 없이 고민했지
만 가지 않았다. 11월의 캐나다가 두려워서 그랬다. 다섯 시
면 해가 지고 눈이 내리고 바람이 부는 캐나다를 마주하기
싫었다. 웃은 만큼 울었고 고독한 만큼 반짝였지만, 11월의
캐나다는 분명 내 어두운 기억만 들춰낼 것 같았다.

유튜브 실시간 중계로 졸업식을 시청했다. 남편이 쿠팡
에서 주문한 검은색 졸업 가운을 입고 집에서 사진을 찍었다.
아이들은 엄마가 자랑스럽다고 했다. 더 바랄 것이 없었다.

졸업식이 끝나고 열흘이 채 되지 않아 국제택배로 졸업
장이 집으로 날아 왔다. 이 종이에는 아빠의 지분이 있다. 가
장 암울했던 시기, 열 일 제쳐 두고 캐나다로 날아와 다 큰 딸

뒷바라지를 하셨다. 옆집 루크의 지분도 있다. 매일 쌍둥이와 놀며 본의 아니게 육아를 도맡았다. 덕분에 그 시간에 과제를 할 수 있었다. 남편의 지분도 있다. 홀로 한국에서 지내며 대학원 학비를 댔다. 그리고, 주한과 지한의 지분이 있다. 엄마는 할 수 있다고, 결국엔 해낼 것이라고 말해 주었다. 엄마와 아이는 이렇게 함께 자랄 수 있다. 그들에게 공을 돌린다. 내가 이뤘으나 동시에 당신들이 이루게 해 주었다.

아는 게 하나도 없어 공부하러 왔으나 결국 배운 건, 그럼에도 불구하고 여전히 아는 게 하나도 없다는 사실이다. 석사는 어쩌면 그러한 겸허함을 배우는 자리인지도 모르겠다. 석사 졸업장 하나 가지고 또 오바를 떤다. 쏴리.

귀국하고 나서 수도 없이 받은 질문에 대한 답을 이 책을 쓰며 찾았다.

그래서, 앞으로 뭐 하실 거예요?

지금처럼 살 거예요. 용기 있게 도전하고, 하고 싶은 일 앞에서 주저하지 않고 또 할 거예요.
그렇게 계속 성장하려고요.

인생의 참맛은 무덤까지 안전하고 단정하게 당도하는 데 있지 않다.
완전히 기진맥진해서 잔뜩 흐트러진 몰골로 "꺅, 끝내줬어!"라는 비명과 함께
먼지 구름 속으로 슬라이딩해 들어와야 제맛이다.

Life should not be a journey to the grave
with the intention of arriving safely in a pretty and well preserved body,
but rather to skid in broadside in a cloud of smoke, thoroughly used up,
totally worn out, and loudly proclaiming "Wow! What a Ride!"

◆

헌터 S. 톰슨 *Hunter S. Thompson*

**별에게
맹세코
잘돼**

1판 1쇄 인쇄 2024년 9월 18일
1판 1쇄 발행 2024년 10월 3일

지은이 이아롬
펴낸곳 롤링스퀘어
발행인 이지현
출판등록 제2022-000058호(2022년 5월 10일)
주소 서울특별시 영등포구 도림로 456
이메일 rollingsquare.books@gmail.com
ISBN 979-11-988195-0-5